Kristina Beyer

Das Tor der 7 Inseln

Das Mädchen in Gelb

ISENSEE VERLAG
OLDENBURG

Umschlag:

3D-Cover-Layout von Thomas Birklein

Verwendete Fotos von *pixabay*

Lektorat:

Maxi Drechsler, Berlin

Illustrationen:

Kristina Beyer

Satz und Gestaltung:

Stefanie Tegeler, Isensee Verlag Oldenburg

Bibliografische Information Der Deutschen Bibliothek

Die Deutsche Nationalbibliothek verzeichnet diese Publikation in der Deutschen Nationalbibliografie; detaillierte bibliografische Daten sind im Internet über http://dnb.d-nb.de abrufbar.

ISBN 978-3-7308-1890-9

Gedruckt bei Isensee in Oldenburg

Prolog

Am Südstrand, dort wo der Fährhafen lag, schoss das Wasser über den leeren Anlegesteg. Obstkisten trudelten über die Gehwege. Dann hob ein Donnern und Brausen an. Es klang, als würden mehrere Flugzeuge und Raketen gleichzeitig über die Insel hinweg rasen.

Im nahegelegenen Dorf warf der Wind polternd Stühle über die roten Pflastersteine. Äste und Laub tobten wie herrenlose Hunde durch die Vorgärten. Regen stob in Schwaden über die Insel hinweg und vernebelte die Sicht. Die Fensterläden der Häuser klapperten lautstark, so als wollten sie die Bewohner, die im Innern mit Wolldecken zusammengerückt waren, wachrütteln.

In einem Haus aus roten Ziegelsteinen drehte eine Frau vergeblich am Knopf eines Radios. Der Lautsprecher rauschte und knackte.

„Uwe?“, rief sie in die angrenzende Küche. Doch sie erhielt keine Antwort. Sie rief in den Flur. Doch wiederum blieb alles still. Das Rauschen des Radios und das Klappern der Fensterläden sangen ein einsames Lied. Die Frau schaute besorgt hinaus. Doch durch den Schleier aus Regen war kaum etwas zu sehen. Die blecherne Stimme eines Mannes knarzte plötzlich aus dem Radio:

„Achtung, dies …. Schnellläufer überquert das Seegebiet … kommt … deutschen Nordseeküste … angrenzenden Stromgebieten … Ausfall der Ebbe… .“

Die Frau zog sich die Wolldecke fester über die Schultern.

Dann zündete sie eine Kerze an und stellte sie auf die Fensterbank. Das Lichtlein flackerte.

Am Oststrand, wo das Meer gierig nach Land griff, brüllte der Wind die Stimme eines Mädchens nieder.

„Glaubst du etwa, ich hätte Angst vor dir? Ich lasse mir nichts mehr wegnehmen! Hast du verstanden?“ Die Fäuste des Mädchens waren geballt. Ihr Blick war wütend auf das Meer gerichtet. Wo an blauen Tagen der Horizont eine klare Linie zwischen Himmel und Wasser zeichnete, tat sich ein dunkler Schlund auf. Weiße Gischt stob in die Höhe und wurde fortgerissen.

Eine Möwe schoss über das Wasser. Sie stieg auf einer Sturmböe hoch in die Luft. Ihr heller Schrei wurde vom Wind zerrissen. Vom Dorf drang nun schwach das Läuten der Sturmglocke herüber. Die Wolken hingen in Fetzen.

Wo eben noch das Mädchen gestanden hatte, krachte eine Welle auf den Sand. Im wirbelnden Schwall aus Salz und Schaum wurde ein Holzfass an Land gespült. Daran hing ein Fischernetz. Es blieb kurz auf dem Sand liegen, dann riss eine nächste Welle das verlorengegangene Treibgut wie ein hungriges Tier zurück ins Meer.

Das Katja-Problem

Seit Katja in Jules Leben aufgetaucht war, hatte Jule ein Problem. Sie nannte es heimlich das Katja-Problem.

Das dunkelblaue Auto, in dem Jule mit ihrem Papa und dem Katja-Problem saß, fuhr seit einer gefühlten Ewigkeit eine schnurgerade Straße entlang. Katjas und Jules Augen trafen sich im Rückspiegel.

„Ich muss mal“, sagte Jule und wickelte das Kabel ihres Kopfhörers so fest um ihren Zeigefinger, dass dieser knallrot anschwoll. Das Auto glitt langsam über den Mittelstreifen. Auf dem Beifahrersitz knetete Jules Papa unruhig seine Hände. Er war es nicht gewohnt, dass ihm so entscheidende Dinge wie das Steuern eines Wagens abgenommen wurden. „Katja! Weiter rechts…!“ Er hielt die Luft an. Katja löste die Augen vom Rückspiegel und nickte ihm dankbar zu.

Was das Autofahren anging, hatte ihr Papa offenbar auch ein Katja-Problem, dachte Jule. Sie schielte nach vorne. Würde ihr Papa fahren, dann würde er jetzt ganz bestimmt für sie eine Pause machen.

Als hätte er ihre Gedanken gelesen, drehte sich Jules Papa nach hinten um. „Wir sind gleich da“, erklärte er. „Jetzt halten wir nicht mehr an. Hältst du das noch aus?“

„Ja klar.“ Jule verzog den Mund.

„Ich liebe deine Sommersprossen“, neckte ihr Papa. „Besonders, wenn du deinen Mund so verziehst!“ Er grinste und zwinkerte Jule zu.

Jule hasste ihre Sommersprossen. Und zwar ganz besonders die mitten unter dem linken Auge, die aussah wie ein

Herz. Sommersprossen müssten verboten werden, entschied Jule und lehnte sich zurück.

Die Fahrbahn machte eine Linkskurve. Der kleine Schutzengel am Rückspiegel neigte sich gehörig zur Seite. Wenn Katja so weiterfuhr, würden sie den noch brauchen! Jule schaute aus dem Fenster. Bäume und schwarz-weiße Kühe flogen an ihr vorbei.

Hätte Jule vor einem Jahr in die Zukunft schauen können! Sie hätte bestimmt einen Weg gefunden, das Katja-Problem zu verhindern. Zwar hatte Jule ihre neue Nachbarin am Anfang ziemlich cool gefunden, aber das war, bevor ihr Papa sich in Katja verliebt hatte. Ein großer Nachteil vom Katja-Problem war nämlich, dass Mama und Papa sich deshalb getrennt hatten. Und daran wiederum hingen tausend andere Probleme.

Zum Beispiel hatte Jule umziehen und die Schule wechseln müssen. Und anstatt nun wie gewohnt mit Papa und Mama in den Süden zu fliegen, fuhr Jule mit Papa und Katja jetzt nach Baltrum. Und das war sicher die langweiligste Insel der Welt!

Jule blickte noch immer nach draußen. Der Himmel war bewölkt, hieß: der Himmel war ganz und gar grau. Es war ein großes alles verschlingendes Grau ohne Wölkchen oder Wolkenfetzen. Ein Alles-Grau, dachte Jule.

Die Nordsee war nicht mehr weit entfernt. Die Luft war kälter und klarer, die Bäume standen windgebogen. Handschriftlich bemalte Schilder am Straßenrand wiesen auf Krabbenverkauf und Fahrradverleih hin oder luden Reisende mit der Aufschrift „Zimmer frei" zum Übernachten ein.

Jule ließ die Scheibe des Wagens etwas herunter und legte den Kopf in den Wind. Möwen schrien. Die Luft schmeckte salzig.

„Wenn wir gleich an der Fähre sind, setze ich euch mit dem Gepäck ab und bringe das Auto weg“, erklärte Katja.

Jule zog den Kopf wieder zurück. „Das Auto bleibt hier?“

„Baltrum ist eine autofreie Insel“, fuhr Katja fort. „Wir werden dort auch keine Fahrräder haben. Ich dachte, das wüsstest du!“

„Wir machen alles zu Fuß?“ Jule konnte es nicht fassen. „Na ganz toll!“

„Hey, du bist doch sonst auch für Klimaschutz und veganes Essen“, ereiferte sich ihr Papa. „Jetzt kannst du mal ausprobieren wie das ist! Ohne Auto, nur zu Fuß oder ...“, er machte eine dramatische Pause, „Pferd.“

Das erinnerte Jule an den einzigen Lichtblick, den die kommenden trüben Tage für sie bereithalten würden.

Das Auto kam kurz darauf im Hafen von Neßmersiel zum Stehen. Jule sprang heraus und streckte sich. Wind pfiff ihr um die Nase. Ihr Papa schnappte sich das Gepäck und gähnte.

„Ich brauche zehn Minuten“, rief Katja ihnen durch die herunter gelassene Scheibe zu. Doch da hatte Christian seine Tochter schon wie einen Sack Mehl über die Schulter geworfen und versuchte, gleichzeitig beide Reisetaschen bugsierend, den Weg Richtung Fähre zu nehmen.

Die Überfahrt

Jules Haar wallte über den Rücken ihres Vaters wie ein goldener Wasserfall. Sie quietschte vor Vergnügen und sah dem dunkelblauen Auto nach, wie es kopfüber auf den Parkplatz rollte. Die Möwen flogen auf dem Rücken, die Menschen liefen verkehrt herum.

„Puh“, stöhnte ihr Papa und ließ Jule zurück auf den Boden rutschen. „Ist das warm. Und das mitten im Oktober.“

„Dem Klimawandel sei Dank“, posaunte Jule.

„Bin ganz deiner Meinung. Ein Grund mehr, nicht mehr in den Süden zu fliegen“, sagte ihr Papa und zog sich seine Jacke aus.

Obwohl Jule wusste, dass ihr Papa eigentlich recht hatte, tat die Erinnerung an den letzten gemeinsamen Urlaub mit Mama und Papa weh.

Ihr Vater deutete mit dem Finger auf die offene See. „Eine Insel schöner als die andere“, sagte er mit der Überzeugung eines Werbesprechers.

Aufgereiht wie die Perlen an einer Schnur lagen die sieben ostfriesischen Inseln in der Nordsee. Baltrum und Norderney lagen nah beieinander. Weiter rechts schimmerte die lang gezogene Silhouette von Langeoog. Im Osten folgten Spiekeroog und Wangerooge. Im Westen kamen dann noch Juist und Borkum. Die Sonne kämpfte sich durch die Wolken. Über Norderney leuchtete schwach ein Regenbogen.

Am liebsten hätte Jule sofort ihre Zeichenmappe herausgeholt. Das Farbenspiel der Küste war beeindruckend. Das

Meer würde sie in grau-grünen Aquarellfarben über das Blatt fließen lassen. Dann würde sie zarte Grautöne für den Himmel und schillernde Farben für den Regenbogen wählen.

Jule konnte schon immer gut malen. Aber mit den Tipps und Tricks, die sie von Katja gelernt hatte, war sie inzwischen richtig gut geworden. Seitdem nahm Jule ihre Zeichenmappe überall mit hin. Was das Zeichnen betraf, war Katja ziemlich klasse. Das musste Jule zugeben.

Wie ein dicker Wal lag die Fähre da und legte die grüne Laderampe wie eine Zunge auf den Kai. Jule staunte über die vielen Touristen, die auf die kleinste aller Inseln wollten. Fußgänger, Urlauber in Trekking-Anzügen oder in gelben Regenmänteln (den sogenannten Ostfriesennerzen) bewaffnet mit Keschern, Rucksäcken, umgehängten Ferngläsern und angeleinten Hunden wurden von der Fähre gierig aufgelutscht. Was Beine hatte, drängte sich auf die Rampe und dann weiter auf das Schiffsdeck. Jule tauchte mit ihrem Papa hinein in das bunte Treiben. Katja folgte ihnen weiter hinten.

Eine ältere Dame mit Pudel schob sich an Jule vorbei. „Ein Tag auf der Insel“, erklärte die Dame im Vorbeigehen, „ist wie die reinste Wunderkur, reinste Wunderkur!“ Ihr Pudel bellte zweimal, so als wollte er damit sagen: Wau Wau. Ja, das stimmt genau.

„Ach, Moin, Frau Jenssen! Mal wieder reif für die Insel?“, begrüßte der Ticketverkäufer die Frau mit dem Pudel. Die Augen des älteren Mannes leuchteten und er schien sich herzlich zu freuen.

„Moin, Herr Petersen“, erwiderte die Frau. Der Pudel wedelte aufgeregt mit dem Schwanz und sein Frauchen bezahlte für eine Erwachsene und einen Hund.

Als Jule mit ihrem Papa am Ticketschalter ankam, neigte Herr Petersen sich aus seinem Kabuff zu Jule. „Heute kann man auf der Überfahrt Robben sehen." Er lächelte. „Sofern du seetüchtig bist!."

„Komm', Papa!", rief Jule und zerrte ihren Vater Richtung Oberdeck. Christian drehte sich suchend um. Er entdeckte Katja eine Armlänge hinter sich und zuckte entschuldigend mit den Schultern. „Machst du für uns die Reiseleitung?", rief er über die Köpfe der anderen Gäste hinweg. Dann wurde er von Jule weiter gezogen.

„Toiletten sind auf der Steuerbordseite", rief Katja Jule und Christian noch hinterher, aber da waren die beiden schon außer Sicht.

Ungeduldig zog Jule ihren Papa die Treppe hoch. Auf dem Oberdeck angekommen, suchte sie einen Platz an der Reling aus. Ein paar Menschen, die am Kai zurück geblieben waren, winkten den Abfahrenden zu.

Jule genoss den Wind, der ihr von Seeseite aus ins Gesicht blies. Die Fähre hatte die letzten Pricken der Fahrrinne gerade passiert.

„Die Dinger sehen aus wie umgedrehte Hexenbesen!" Jule staunte. Ihr Papa umarmte sie und drückte ihr einen fetten Kuss auf die Wange. Dann hob er sie für drei Sekunden vom grün lackierten Boden der Fähre. Jule gluckste und quietschte.

Katja bog mit einem Eis in der Hand um die Ecke. „Bitteschön", sagte sie und hielt Jule das Eis vor die Nase. Ihr Papa räusperte sich.

„Danke", sagte Jule höflich und wickelte das Papier von der Waffel.

„Jetzt kommen gleich die Seehundbänke", erklärte Katja und zog ihren Schal über den Kopf. Sie lehnte sich über die

Reling und deutete aufs Meer. „Ich habe die Robben schon oft von der Fähre aus gesehen.“

Ein Mann in grüner Tweed-Jacke stand an der Backbordseite und hielt sich ein Fernglas vor die Augen.

„Vielleicht leiht er es kurz aus“, sagte Katja und nickte mit dem Kopf in seine Richtung. „Darf ich?“, erkundigte sie sich bei dem Fremden.

„Gesunde Population in diesem Jahr. Schön fett und rund sind die Tiere“, sagte der Mann in Grün und setzte den Feldstecher ab. „Das erste Mal auf der Insel?“, fragte er und reichte Katja sein Fernglas.

„Diese beiden Landratten ja“, sagte Katja schmunzelnd und zeigte auf Jule und ihren Papa. „Ich komme ungefähr schon zum tausendsten Mal auf die Insel.“

„Aha, Wiederholungstäter also - so wie ich. Wenn Sie etwas weiter nach links schauen, haben Sie einen guten Blick!“ Und er deutete mit dem Finger auf die Süd-Ostspitze Norderneys.

Katja drehte an der Schärfeeinstellung. Jule zupfte an ihrem Mantel. „Lass mich auch mal sehen“, bettelte sie.

Der Mann nickte Jule wohlwollend zu. Also legte Katja ihr den Riemen um den Hals. Ihr Papa nahm ihr das Eis ab.

„Aber nicht aufessen!“, befahl Jule.

Auf der sandigen Landzunge lagen zahlreiche Robben, die sich zum Schlafen und Dösen dort hingelegt hatten. Die grau gesprenkelten Körper der Seehunde glänzten nass.

„Wie niedlich!“ Jule konnte sich kaum an den süßen Tieren sattsehen. Sie schwenkte das Fernglas und folgte dem Verlauf des Strandes, auf dem sich Robbe an Robbe drängte. In einigen hundert Metern vor dem Strand waren weiße Schaumkronen zu sehen. Dort, wo die Flut aufschlug, brachen sich Wellen.

„Wow!“, sagte Jule.

Der Mann, dem das Fernglas gehörte, folgte Jules Blickrichtung. „Das ist die Wichter Ee“, sagte er. „Ein 800 Meter breites Seegatt, eine Strömungsrinne, die sich zwischen den Inseln Baltrum und Norderney erstreckt.“ Er drehte sich zu Katja und Jules Papa um. „Ich hoffe, Sie kennen sich aus und sind nicht so leichtsinnig wie diese Rheinländer!“ Er schüttelte den Kopf. Katjas fragender Blick schien ihn zum Plaudern zu ermutigen. „Letztes Jahr meinten doch tatsächlich zwei Jungs aus Köln, sie könnten bei Ebbe von Baltrum nach Norderney laufen! So ein Leichtsinn!“

„Völlig absurd“, bemerkte Katja verblüfft.

„Ja, aber es gibt immer wieder Leute, die die Kraft des Wassers unterschätzen. Der Gewalt von Ebbe und Flut muss man mit Ehrfurcht begegnen. Auf keinen Fall darf man dort alleine hinaus.“

„Aber es sieht doch ganz nah aus!“, sagte Jule. Sie hatte dem Fremden aufmerksam zugehört. „Ist es echt so gefährlich?“

„So manch einer ist dort draußen“, und er deutete aufs Meer, „schon böse überrascht worden. Kennst du denn nicht die Geschichte von Tjark Evers?“ Der Mann erzählte weiter, ohne eine Antwort abzuwarten. „Alles, was vom armen Tjark übrig blieb, war eine Zigarrenkiste, eingewickelt in ein rot kariertes Halstuch!“

„Ok?“ Jule schaute ihn mit großen Augen und offenem Mund an. Katja schauderte. Jedes Kind in Ostfriesland kannte diese Tragödie.

Der Fernglas-Typ erzählte weiter. „Während sein Freund sicher auf Langeoog abgesetzt wurde, landete Tjark 1866 bei plötzlichem Seenebel nicht auf Baltrum, sondern irrtümlich auf einer Sandbank vor der Insel.“ Er beugte sich zu Jule und machte eine dramatische Pause. Mit erhobenem

Zeigefinger fuhr er fort. „Als er den Irrtum bemerkte, war es schon zu spät. Und weil er wusste, dass er dem Wasser nicht entrinnen konnte, schrieb er einen Abschiedsbrief an seine Familie und legte den Zettel in die Zigarrenkiste." Er nickte bedeutsam und deutete mit den Händen das Zuklappen einer Kiste an.

Jule griff nach der Hand ihres Papas.

„Die Kiste", fuhr er fort, „wurde zwei Wochen später auf Wangerooge angespült. Aber die Leiche von Tjark wurde nie gefunden." Nun richtete der Mann sich wieder auf. „Die Kiste kannst du noch heute im Museum bestaunen."

„Aber warum blieb die Leiche von Tjark verschwunden?" Jule gruselte sich. „Und warum die Kiste denn nicht?"

„Das Meer entscheidet, was es wieder frei gibt", erklärte der Mann, als sei dies das Normalste von der Welt.

Den Umstehenden, die sich inzwischen um sie geschart hatten, standen die Nackenhaare zu Berge. Und auch Jule schüttelte sich bei dem Gedanken, im eiskalten Wasser der Nordsee unterzugehen. „Krass", entfuhr es ihr.

„Gott sei Dank sind die beiden Jungs aus Köln mit einem Schrecken davon gekommen", beruhigte er Jule und die Umstehenden. „Rettungsschwimmer haben die zwei Trottel in letzter Minute aus dem Wasser gefischt."

Jule blickte mit dem Fernglas noch einmal zurück zu den Seehunden. „Da laufen Leute am Strand herum."

„Was?", wunderte sich Katja. „Ich dachte, das Betreten der Seehundbänke ist verboten."

„Das ist es auch", entgegnete der Mann.

Jule gab ihm seinen Feldstecher zurück.

„Das ist ja komisch", sagte er nachdenklich und drehte an der Schärfeeinstellung.

„Vielleicht Leute von der Seehund-Station?“, mutmaßte Katja.

Aus dem quäkenden Lautsprecher erklang nun die Stimme von Herrn Petersen. Er wies die Fahrgäste auf die baldige Ankunft hin und forderte sie auf, ihre Tickets bereit zu halten.

„Na denn“, meinte Katja. „Auf geht’s.“

„Danke für das Fernglas“, sagte Jule.

„Schöne Ferien“, erwiderte der Mann und schaute Jule hinterher.

Jules Papa leckte sich den letzten Rest Eis von den Fingern.

Ein Forscher kommt selten allein

Am Strand von Norderney bot sich den dösenden Robben folgendes Bild: Ein älterer Mann mit Glatze hatte sich seine Sonnenbrille auf die Stirn geschoben. Er schaute mit einem Fernglas vor den Augen Richtung Baltrum. Eine Frau mit schwarzem Bubikopf verfolgte mit einem Feldstecher die Fähre, die zuvor den Hafen von Neßmersiel verlassen hatte. Ein Junge von etwa 15 Jahren setzte sein Fernglas ab und kniete sich vor einen Koffer, der aussah wie ein großes Laptop. Die dunklen Locken des Jungen wirbelten im Wind.

Die Robben am Strand beäugten die ungebeten Gäste misstrauisch. Einige Tiere rückten ein Stückchen weiter weg.

Doch die meisten gähnten nur gelangweilt und schlossen dann wieder die schwarzen Knopfaugen.

Der Junge schaute auf den erleuchteten Monitor, der sich im Kofferdeckel befand. „Das Signal hat sich verstärkt", sagte er. „Wir haben eine 8,4." Er grinste.

Der Mann mit Glatze riss sich das Fernglas von den Augen und drehte sich so ruckartig um, dass ihm seine Sonnenbrille von der Stirn auf die Nase rutschte. „Ich wusste es!" Er ballte die Fäuste wie ein Fußballer, der soeben ein Tor geschossen hatte. „Ich wusste es!", wiederholte er. Und zu der Frau mit dem schwarzem Bubikopf gewandt: „Wir waren noch nie so dicht dran! Es ist ein Durchbruch." Er triumphierte.

Die Frau setzte ihr Fernglas ebenfalls ab, schnalzte mit der Zunge und notierte die 8,4 auf einem Tablet, das sie aus einer übergroßen Umhängetasche gezogen hatte. Sie blieb kühl. „Abwarten! Eine 8,4 beweist gar nichts." Sie hatte einen starken Schweizer Akzent. Ihre Stimme klang wie ein Reibeisen. „Und von einem Durchbruch", sie schüttelte energisch ihren Bubikopf, „kann überhaupt nicht die Rede sein! Sagen wir lieber, wir haben eine Spur."

Der Mann mit der Glatze zeigte sich unbeirrt und lachte. „Weißt du nicht, was das bedeutet, Stella?" Er riss sich die Sonnenbrille von der Nase. „Auch die geringste Spur *ist* ein Beweis!"

Stella zuckte mit den Schultern und steckte das Tablet zurück in die Tasche. Der Junge mit den Locken klappte den Laptop-Koffer zu. „Abfahrt", rief er und steckte sich ein Pfefferminzbonbon in den Mund.

Der Glatzkopf schaute zurück nach Baltrum und stieß einen zufriedenen Seufzer aus. Dann machte sich das Trio auf den Weg.

Das fängt ja gut an

Gerade als die Fähre ihr Heck zum Anleger drehte, tuckerte ein rot-weißes Motorboot in den kleinen Hafen von Baltrum. Ein Junge mit dunklen Locken hantierte an einem Radargerät, dessen Flügel sich an Bord drehte. Ein Mann mit Glatze starrte angestrengt auf einen Monitor. Eine Frau mit schwarzem Bubikopf schaute auf ein Tablet.

Das kleine Schiff kam der Fähre gefährlich nah. Ein piependes Geräusch schwappte zu den Urlaubern auf dem Oberdeck hinüber. Einige Fahrgäste winkten den Personen in den rot-weißen Overalls zu, aber keiner auf dem Motorboot reagierte darauf. Jule fragte sich, wie oder von wem es wohl gesteuert wurde. Sie hatte so ein seltsames Boot noch nie gesehen. Waren das die Leute von der Seehundstation? Oder vielleicht Seenotretter? Auf dem Rücken jedes Overalls prangte ein kreisrundes Logo. Jule versuchte die Buchstaben darauf zu entziffern, aber das Wiehern eines Pferdes ließ sie aufhorchen.

Auf den lackroten Pflastersteinen hatte eine Kutsche mit zwei mächtigen Haflingern Halt gemacht. Das Fell der Tiere leuchtete cremefarben in der bescheidenen Vormittagssonne. Jemand hatte Zöpfe in die blonden Mähnen geflochten und sie liebevoll mit rotem Band verziert. Auf dem Kutschbock saß eine Frau, die ihre Wollmütze tief ins Gesicht gezogen hatte.

Jule war begeistert. Sie zog an der Hand ihres Papas. „Bitte, Papa, lass uns mit der Kutsche fahren! Ja? Bitte, bitte, bitte!“

Ihr Papa drehte sich fragend zu Katja um.

„Kein Problem."

Jules Papa gab Katja einen Schmatz.

Die Schiffsschrauben der Fähre wühlten nun brodelnd dunkles Wasser auf. Im blubbernden Schwall der Schrauben wurde etwas an die Wasseroberfläche gespült.

„Eine tote Möwe! Schau mal! Eine tote Möwe!", schrie Jule.

Ein paar Erwachsene, die Jules Aufregung mitbekommen hatten, schmunzelten. Einheimische und Touristen wussten, dass der Anblick von toten Tieren auf den Inseln einfach dazu gehörte. Vögel, Möwen, Quallen - auch Robben wurden hin und wieder tot angespült. Nichts Besonderes. Jule beugte sich über die Reling.

„Jule, Vorsicht! Du fällst mir da noch rein!" Ihr Papa hielt sie fest.

Katja verdrehte die Augen. „Landratten", sagte sie entschuldigend zu der Dame mit dem Hund.

„Wau, wau", meinte der Pudel.

Herr Petersen stand an der Luke und machte die Gangway klar. „Wer ins Hafenbecken fällt, muss das Deck schrubben", rief er und schaute Jule an.

Jule schaute sich fragend zu ihrem Papa um.

„Ja, so ist das hier!", bestätigte er lächelnd. Aber die umstehenden Erwachsenen lachten und Jule bemerkte, dass sie verschaukelt wurde.

Na toll!, dachte sie. Das fängt ja gut an!

Das Flüstern des Meeres

Als Jule ihren Fuß auf die Insel setzte, schwankte der Boden. Für einen Moment war ihr schwindelig. Das war merkwürdig, denn Jule wurde nie schwindelig. Nicht einmal in der Achterbahn. Aber ihr Papa sagte, das sei normal, wenn man von einem schaukelnden Schiff käme.

Etwas benommen rannte Jule zu den Pferden. Sie genoss den warmen Atem der Tiere auf den Innenflächen ihrer Hände. Die weichen Lippen der Haflinger suchten nach einem Leckerbissen. Jule liebte das kitzelnde Gefühl der warmen Nüstern auf ihrer Haut und strahlte vor Freude. Sie streichelte die samtige Pferdeschnauze und beobachtete wie der Haflinger die Ohren spitzte.

„Das ist Tom“, verkündete die Frau auf dem Kutschbock. Als Tom seinen Namen hörte, drehten sich seine Ohren aufmerksam in Richtung Kutsche.

„Der andere heißt Jerry.“

Das Katja-Problem schien in diesem Moment wie verflogen. Viel zu aufregend war das alles. Vielleicht ist Baltrum ja doch nicht so langweilig, dachte Jule.

Sie sog den Duft der Insel ein. Der Geruch der Pferde mischte sich mit dem von Schlick, totem Fisch, Salz und Diesel. Wilder Sanddorn und Hagebutten leuchteten rot und orange. Die Häuser aus rotem Klinker wirkten, als wären sie über die Jahre fest mit der Insel verwachsen. Jule sah keine Bäume. Alles war auf den ersten Blick flach. Wind blies ihr die ganze Zeit ins Gesicht, aber eigentlich war das ok.

In Hamburg dagegen war der Wind voll nervig. Er war wie

ein wildes Tier, das sich zwischen den Häusern verirrt hatte. Aber der Wind brauchte Platz! Davon gab es auf dieser Insel genug. Hier konnte den Wind nichts aufhalten. Hier war das wilde Tier frei und ungezähmt. Hier war der Wind zu Hause.

Sie hatten bereits eine gute Strecke zurückgelegt. Die Hufe von Tom und Jerry klapperten auf dem gepflasterten Weg einen gemütlichen Rhythmus. Jule konnte in einiger Entfernung Drachen am Himmel sehen.

„Da! Papa, schau mal!" Jule deutete in Richtung Norden.

„Das sind Kite-Surfer", antwortete Katja.

„Ok", sagte Jule und tat so, als ob sie Bescheid wüsste.

„Schweine-Baumeln nennt man das." Ihr Vater lachte leise.

Die Kutsche kam vor der Ferienwohnung zum Stehen.

„Wenn du magst", schlug Katja vor, „gehen wir morgen zum Strand und schauen uns die Sache aus der Nähe an."

„Nein, ich will jetzt gleich dort hin", entschied Jule. Sie sprang von der Kutsche. Ihr Vater klatschte tatkräftig in die Hände. „Prima, dann gehen Katja und ich schon einmal einkaufen! Ich mache uns heute etwas Leckeres zu essen." Er kletterte vom Kutschbock. „Soll Katja dir den Weg zeigen?"

„Papa!" Jule verdrehte die Augen und deutete auf ein weiß getünchtes Schild. Darauf war mit schwungvollen Buchstaben das Wort Strand geschrieben. Direkt darunter deutete ein Pfeil Richtung Meer.

„Alles klar", sagte er, „aber geh nicht zu nah ans Wasser, ok?" Er stupste ihre Nase.

Jule seufzte übertrieben laut. „Och, Papa, ich bin doch kein Baby mehr! Was soll mir denn hier schon passieren? Meinst du ich schwimme nach England?"

„Sicher nicht", sagte Katja und reichte Jules Papa eine Reisetasche. „Spätestens auf der Sandbank wärst du schon erfroren!“

„In einer Stunde bist du zurück.“ Ihr Papa schaute auf seine Armbanduhr. „Ich habe nämlich einen Mordshunger! Das macht sicher die Seeluft.“ Er nahm einen tiefen Atemzug.

Jule nickte und lief los. Bevor sie das Wasser sehen konnte, hörte sie es. Das beständige Rauschen der Brandung schwoll an und wurde mit jedem Schritt, den sie weiter ging, lauter. Die Halme des Dünengrases neigten sich zur Inselseite und vollführten einen seltsamen Tanz. Es sah aus, als würde der Blaustrandhafer vom Wind gekämmt.

Und dann lag die Nordsee vor ihr. Die anrollende Flut krachte auf die Sandbänke. Das Wasser wirkte auf dieser Seite der Insel grüner, leuchtender. Die weiße Gischt bildete einen klaren Kontrast zum Grau des Himmels und zum Grün des Wassers. Ein schäumendes heranrauschendes Weiß in unendlicher Abfolge. Immer neu und doch irgendwie beruhigend, stellte Jule fest. Sie nahm sich vor, gleich morgen mit dem Zeichnen zu beginnen.

Der Regenbogen über Norderney war verschwunden. Am Horizont zeichnete sich die Silhouette eines Schiffes schwach gegen den Himmel ab. Jule blieb stehen. Für einen kurzen Moment dachte sie, es sei ein großes Segelschiff mit drei Masten. Doch dann war es plötzlich im Dunst verschwunden.

Der helle Sandstrand bog sich wie ein gigantisch in die Länge gezogener Halbmond nach links und rechts. Er dehnte sich kilometerweit aus.

Drei neongelbe Schirme tanzten am Himmel. Jule erkannte zwei Männer und eine Frau in dunklen Neopren-Anzügen. Sie hielten sich an einem Griff fest, an dessen Seil eine Art Lenkdrachen befestigt war. Akrobatisch flogen die Drei durch die Luft, um dann mit ihren grellbunten Boards wieder auf dem Wasser zu landen. Dann schossen sie irre schnell auf die Wellen zu und ließen sich in die Lüfte katapultieren. Es sah aus, als würden sie Wind und Wellen mit einer geheimnisvollen Magie beherrschen, als hätten sie die Elemente gezähmt.

Jule stand einfach nur da und staunte. Strandläufer gesellten sich mit ihren flinken Beinchen dazu und suchten im nassen Sand nach Nahrung. Die grau-weißen Vögel mit den schmalen Schnäbeln ließen Jule schmunzeln. Zu witzig, dachte sie. Es sah aus, als hätte jemand im Film auf vierfache Geschwindigkeit gedrückt.

Jules Blick schweifte zurück zum Horizont. Der Himmel hatte sich in wenigen Minuten tief grau verfärbt. In weiter Ferne war ein Grollen zu hören. Es würde sicher Regen geben. Jule lauschte in die Brandung hinein. Fast war es, als würde das Meer ihr etwas sagen wollen: Sch...schau...her... schau...schau...hier.

Der Wind frischte plötzlich auf. Die Kite-Surfer kamen aus dem Wasser und gleich darauf zuckte ein erster Blitz über den Himmel. Mit einem Schlag setzte der Regen ein.

Jule rannte über den Strand. Muscheln knirschten unter ihren Füßen und Klümpchen von hellem Sand flogen bei jedem ihrer Schritte durch die Luft. Sie hörte über sich Möwen schreien, die im Sturmwind segelten. Mit weit geöffneten Schnäbeln balancierten die Vögel auf den Böen.

Plötzlich fing Jule an zu lachen. Dann schrie sie wie eine Möwe. Die goldenen Locken züngelten wie eine helle Flamme um ihren Kopf. Jule schrie in den Wind hinein, lief durch den Regen, die Arme weit ausgebreitet wie die Flügel einer Möwe. Ihre Sorgen segelten hinaus aufs Meer.

Das Mädchen in Gelb

Es war 06:30 Uhr, als Jule am nächsten Morgen aufwachte. Sie spähte in den schwach beleuchteten Flur. Die Tür zu Papas und Katjas Schlafzimmer war verschlossen. Jule schlich barfuß durch die Ferienwohnung und blieb vor alten Fotos der Insel stehen, die in der ganzen Wohnung verteilt waren. Menschen am Strand, ein Leuchtturm, alte Schiffe, eine Glocke, ein Pferd – alles in schwarz-weiß. Langweilig.

Draußen lockten die Insel und das Meer. Vorsichtig zog Jule die Brieftasche ihres Papas aus dessen Mantel und nahm sich einen 10-€-Schein heraus. Im Jogging-Anzug, mit ihren neuen Gummistiefeln und ihren Zeichensachen bewaffnet, schlich sie aus der Wohnung. Als sie unten angekommen war, bemerkte sie, dass sie vergessen hatte, einen Schlüssel einzustecken.

Mist!, dachte Jule. Es wäre gut gewesen, wenigstens einen Zettel auf den Küchentisch zu legen. Ihr Handy lag auch noch in der Wohnung. Aber nun war es zu spät. Sie würde nicht klingeln, um sich anzuhören, dass sie die beiden geweckt habe.

Jule schlenderte durch die kleinen Gassen, die noch etwas verschlafen da lagen. Dann entschied sie, Brötchen zu kaufen.

Mit einer duftenden Tüte auf dem Arm kam sie wenige Augenblicke später aus dem Bäckerladen, an dem sie gestern vorbeigelaufen war. Aber sie hatte noch überhaupt keine Lust, zurück in die Ferienwohnung zu gehen und mit dem Katja-Problem zu frühstücken.

Wie am Tag zuvor nahm sie den Weg zum Strand und durchquerte den Bereich des Badestrandes. Doch dann ließ sie das Strandkorbfeld weit hinter sich. Hier blieb sie stehen und bestaunte den Sonnenaufgang.

Zunächst ließ die Sonne nur einen zart rosafarbenen Streifen am Horizont aufblitzen. Dann schickte sie ein prächtiges Orange empor, als hätte sie sich entschlossen, stärker in die Farbpalette zu greifen. Das Meer lag still da und nahm mit steigender Sonne eine helle grau-grüne Farbe an.

Noch während Jule überlegte, wie sie das malen könnte, nahm sie eine Bewegung aus dem Augenwinkel wahr.

Ein gelber Regenmantel schimmerte in der Morgendämmerung. Ein Mädchen mit kurzen dunkelblonden Haaren schien direkt aus den Dünen zu kommen. Es war barfuß und hatte die Hosenbeine seiner Jeans hochgekrempelt. Unter seinem Mantel trug es einen roten Pullover. In der einen Hand hielt das Mädchen einen Kescher, in der anderen einen kleinen weißen Emaille-Eimer. Das zerbeulte Gefäß war halb mit Meerwasser gefüllt. Zwei Strandkrabben schwappten im Eimer hin und her. Sie reckten vergeblich ihre kleinen Scheren an der glatten Wand empor, um ihrem schaukelnden Gefängnis zu entkommen.

Das Mädchen kniff die Augen zusammen. Es suchte etwas. An einer verwehten Strandburg stellte es den Eimer ab und rammte den Stiel des Keschers entschlossen in den feuchten Sand. Dann schien es entdeckt zu haben, wonach es so angestrengt Ausschau gehalten hatte. Es nahm den Eimer wieder in die Hand und ging weiter Richtung Meer.

Erst dachte Jule, es sei eine Katze, aber dann erkannte sie, dass es eine Möwe war, die sich dem gelben Regenmantel näherte. Der Vogel war ein wenig wackelig auf den Beinen. Der linke Flügel des Tieres hing leicht zur Erde. Die Flügelspitze streifte den Sand, so dass sich neben den lustigen Fußabdrücken eine zarte Linie entlang schlängelte.

„Da bist du ja!“, hörte Jule das Mädchen sagen. Der Vogel blieb etwa eine Armlänge von ihr entfernt stehen und sperrte den Schnabel auf. Geschickt fischte das Mädchen die erste Krabbe aus dem Eimer und warf sie der Möwe in den Schnabel. Die wirbelte das Schalentier hin und her und schmiss es anschließend auf den Strand, wo es strampelnd auf dem Rücken liegenblieb. Ein gezielter Schnabelhieb durchbohrte den weichen Bauch der Krabbe. Kleine Stückchen flogen durch die Luft. Die Möwe höhlte das Tier geübt von innen aus.

Schaurig fasziniert wohnte Jule dieser Hinrichtung bei. Nach wenigen Augenblicken blieben nur noch die Scheren und der Rückenpanzer der Krabbe bewegungslos auf dem Sand liegen.

„Boah!“, entwich es Jule. „Wie krass ist das denn!“

Der Regenmantel drehte sich zu ihr um. „Ja …“, sagte das Mädchen, überrascht von Jules Anwesenheit. „Sie ist ein verdammt schneller Killer geworden. Am Anfang sind ihr die Krabben noch weggelaufen.“

„Ist das deine Möwe?“, wollte Jule wissen.

Das Mädchen schmunzelte. „Nein, Möwe gehört doch niemandem! Ich füttere sie nur, solange bis ihr Flügel wieder ganz heil ist.“ Und die Kleine deutete auf den linken Flügel des Tieres.

„Ach so, dann bist du so eine Art Ärztin. Wie meine Mama.“ Jule schaute in den Eimer. „Ich wusste nicht, dass Möwen auch Krebse fressen können!“

Das Mädchen in Gelb betrachtete Jule. Es starrte erst auf die unendlich vielen Sommersprossen in Jules Gesicht und dann auf Jules neon-geblümte Gummistiefel. Es hob den Eimer hoch. „Das da sind Strandkrabben. Willst du ihr die zweite geben? Du musst hier anfassen, schau, damit sie dich nicht mit ihrer Schere erwischt."

Jule legte ihre Brötchentüte auf den Rand der Strandburg und griff vorsichtig in den Eimer. Das Wasser war eiskalt. Die Krabbe drehte sich, so dass Jules Zeigefinger kurz in Gefahr war. Doch dann packte Jule das Tier blitzschnell am Bein, dort wo das Mädchen es ihr gezeigt hatte.

Möwe bewegte bereits ungeduldig ihren Kopf vor und zurück. Jule schmiss die Krabbe in die Luft. Mit einem gezielten Hieb war auch die zweite Krabbe aufgespießt und getötet.

Das Mädchen kippte das restliche Meerwasser aus. Möwe schaute gierig in den Eimer, verschwand dann aber wackelnd in Richtung Düne, als sie begriff, dass nichts mehr zu holen war. Das Mädchen sprang in die Strandburg und setzte sich auf ein Stück Treibgut, das früher einmal eine Palette gewesen war.

„Riecht gut", sagte sie und deutete auf Jules Brötchentüte.

Jule setzte sich dazu und machte die Tüte auf. Die Brötchen waren noch warm.

„Wie heißt du?", wollte Jule wissen und hielt ihr die duftende Tüte entgegen.

Das Mädchen griff ohne Zögern zu und biss herzhaft in ein Croissant.

„Edda", antwortete sie kauend.

„Ich bin Jule", sagte Jule und biss in eine Laugenstange.

Edda saß schmatzend neben ihr und vergrub ihre großen Zehen im feuchten Sand. Jule starrte auf ihre neuen Gummistiefel und kam sich damit auf einmal albern vor.

„Machst du hier Urlaub?", fragte Edda.

Jule nickte.

„Wie lange bleibst du?“, wollte Edda wissen.

„Zehn Tage“, entgegnete Jule.

„Bis dahin kann Möwe bestimmt längst wieder fliegen.“

„Darf ich dabei sein?“, fragte Jule aufgeregt. „Bist du morgen wieder hier?“

„Ich bin immer hier.“ Edda grinste breit.

„Cool“, sagte Jule. Sie schauten sich an und lächelten.

Die ersten Spaziergänger kamen nun an ihnen vorbei. Doch keiner schien sich für die zwei Mädchen zu interessieren.

„Ich glaube, ich muss jetzt los“, sagte Jule. „Mein Vater macht sich sonst Sorgen. Er denkt, ich sei noch immer vier Jahre alt.“

„Du kommst aus der Stadt, oder?“

„Hamburg“, antwortete Jule knapp und stand auf.

„Hamburg“, wiederholte Edda nachdenklich. „Mein Papa war mal in Hamburg. Er sagte, es sei laut.“

„Es geht eigentlich“, sagte Jule und zuckte mit den Schultern.

Edda strahlte sie an. „Ich bin heute Abend wieder hier.“

„Cool“, erwiderte Jule und drehte sich zum Gehen.

„Wir treffen uns bei Sonnenuntergang, ok?“, Edda sprang auf.

Jule nickte und marschierte los. Sie taumelte plötzlich. Aber so schnell, wie es kam, war es auch schon wieder vorbei. Auf dem Weg zurück hatte sie ein seltsames Gefühl. Der kurze Schwindel war weg, aber irgendwie fühlten sich Luft und Licht anders an. Hatte Katja nicht von diesem besonderen Klima auf den Inseln gesprochen? Vielleicht war es das! Das Wetter änderte sich ja hier auch von einer Sekunde auf die andere.

Als Jule um die Ecke zum Ferienhaus bog, sah sie ihren Papa und Katja im Bademantel vor der geöffneten Haustür stehen. Ihr Vater sprach aufgeregt mit der Wirtin. Jule hatte einmal gehört, dass Angriff die beste Verteidigung sei.

„Guten Morgen! Ich habe Brötchen für uns geholt!“ Sie hielt die Brötchentüte hoch in die Luft. Katja atmete hörbar und erleichtert aus.

Die Wirtin, Frau Hansen, sagte nur: „Sehen Sie, es ist alles in Ordnung. Auf Baltrum passiert nichts.“ Und damit ging sie mit ihrem Besen wieder ins Haus zurück.

Jules Papa schaute erleichtert und wütend zugleich. „Jule“, rief er. „Um Himmels Willen! Was denkst du dir dabei?“

Jule wusste, dass sie einen Fehler gemacht hatte. Aber sie hatte immerhin nichts Schlimmes verbrochen. Sie spürte, wie Hitze in ihr Gesicht stieg.

„Hier!“ Und mit einem Schwung drückte sie ihrem Papa die Brötchentüte an die Brust. „Ich habe mein Handy vergessen. Das kann doch mal passieren.“ Und sie schlüpfte an ihm vorbei die Treppe hoch und ließ ihn mit offenem Mund stehen. Ihr Vater holte Luft, doch bevor er reden konnte, legte Katja ihm ihren Zeigefinger auf den Mund. „Sie hat Brötchen geholt. Und ich habe Hunger. Kommst du?“ Sie zog ihn sanft zu sich.

Er machte Anstalten zu protestieren, aber Katja küsste ihn auf den Mund.

„Wir sind auf Baltrum, RELAX!“

Der Peak

Im Hafen lag das rot-weiße Motorboot am Anleger. Das Vehikel schwankte leicht hin und her. Wasser schwappte an die Bordwand und gluckste.

Stella, die Frau mit dem schwarzen Bubikopf, stand mit einer dampfenden Tasse Kaffee auf dem Steg. „Wie nah sind wir dran?“, rief sie nach unten in die Kajüte. Doktor Baum steckte seine Glatze aus dem Niedergang. Er schüttelte nur den Kopf. Stella kippte den Rest ihres Kaffees ins Hafenbecken und schnalzte mit der Zunge. „Wir haben nichts als deine Theorie. Ich hatte dich gewarnt, Baum. Wir suchen eine Stecknadel im Heuhaufen!“

„Immerhin! Nun müssen wir sie nur noch finden“, sagte Doktor Baum und kletterte aus dem Niedergang.

„Du bist und bleibst ein Träumer, Baum! Was wir brauchen, sind Fakten.“

„Stella, die Menschheit wäre niemals geflogen, hätte es nicht mutige Visionäre gegeben. Auch der Flug zum Mond war lange nur ein Traum.“

„Oh, bitte verschone mich mit deiner romantischen Vorstellung von Wissenschaft!“ Stella gähnte. Baum hob einen Zeigefinger. „Denke nur an Jules Verne und seine fantastischen Geschichten. Wenn wir nur lange genug einer Theorie folgen, dann kann sie tatsächlich Wirklichkeit werden!“

„Deine ganze Theorie nützt dir nur leider nichts“, sagte Stella und strich sich eine Strähne aus der Stirn, „solange du sie nicht beweisen kannst. Ohne Beweise bleibt deine Theorie schlicht und ergreifend nur eine mathematische Spielerei.“

Doktor Baum streckte sich und atmete die frische Morgenluft ein. Er verschränkte die Hände auf seiner Glatze und drehte seinen Oberkörper nach rechts und links. „Du bist so ungeduldig, Stella.“ Er beendete seine knappe Morgengymnastik und lächelte sie an. „Sind alle Leute aus der Schweiz so ungeduldig wie du?“

„Pfff! Und du?“ Stella schüttelte den Kopf. „Sind alle Ostfriesen so stur wie du?“

„Nicht stur, Stella. Sturmfest und tief verwurzelt. Im Leben wie in der Überzeugung, aber davon erzähle ich …“ Ein seltsamer Ton aus der Kajüte unterbrach Doktor Baum.

Gleich darauf tauchte der lockige braune Haarschopf des Jungen auf. „Wir haben einen Peak! Die Skala spielt verrückt!“ Er grinste.

„Luis, ich hoffe, du machst keine Scherze!“ Stella schaute ihn streng an.

„Ich habe es zweimal gecheckt“, sagte er und schob sich ein Pfefferminzbonbon in den Mund.

Doktor Baum wurde hektisch. Er scheuchte Luis zurück in die Kajüte und kletterte ihm hinterher. Doch dann tauchte seine Glatze sofort wieder auf. „Stella, jetzt mach schon! Wir haben einen Peak!“ Seine Augen leuchteten. Er lachte. „Wir haben einen Peak!“, wiederholte er.

Dessert mit Horror-Story

Ich habe gelernt, das Meer zu sehen. Es war immer da und wird immer sein. Es kümmert sich nicht um uns. Es liebt uns nicht. Es hasst uns nicht. Wir glauben es zu kennen, aber wir kennen es nicht. Das ist alles.

Auf Zehenspitzen balancierend stand Jule vor einem Ölbild im Inselrestaurant *Der Butt* und las diese Zeilen, die jemand hinter das Glas des Bilderrahmens gesteckt hatte. Wer aufs Klo ging, musste an diesem Bild vorbei. Dazu war es nötig, vorher eine Tür mit Bullauge aufzustoßen. Der Flur mit dem alten Krimskrams und den Buddelschiffen hatte zusammen mit den vielen Bildern den Charme eines verstaubten Museums. Man hätte meinen können, die Zeit sei hier stehen geblieben. Der Geruch von Salzkartoffeln und Matjes hing in der Luft. Und erst auf den Toiletten merkte man an den nachträglich eingebauten Handtrocknern, dass der Fortschritt hier Einzug gehalten hatte.

Die Bilder auf dem Flur wirkten wie zufällig zusammengewürfelt. Ein Durcheinander wie auf dem Schulhof, dachte Jule. Zum Teil sah sie gerahmte Postkarten mit Motiven vom Meer. Die gab es überall auf der Insel. Zum anderen auch Aquarelle von Dünen, Segelbooten oder dem Strand. Dazwischen alte Fotos, Kunstdrucke von Edward Hopper und Ole West.

Jule betrachtete das Ölbild mit dem Zettel genauer. Es gab darauf keine Boote, keine Möwen oder Menschen, keinen Strand oder den Hafen. Es zeigte nur das Meer. Nichts, woran sich das Auge hätte festhalten können. Der Horizont verschwamm. Ein merkwürdiges Leuchten lag auf den Wellen. Es war, als könne Jule das Meer auf diesem Bild hören und riechen.

Der Zettel, der hinter dem Glas steckte, war vergilbt, die Tinte verblasst. Irgendwie kam Jule der Text bekannt vor. War das so eine Art Gedicht? Hatten sie das mit Herrn Schönborn schon einmal im Deutschunterricht besprochen? Jule nahm sich vor, im Restaurant nach dem Bild und seinem Maler zu fragen. Aber als sie in die Gaststube zurückkehrte und ihr das fröhliche Geschnatter der Gäste entgegen flatterte, vergaß sie es wieder. Zurück am Tisch, schauten sie Papa und Katja mit seltsamer Erwartung an.

„Habe ich was verpasst?", wollte Jule wissen.

Ihr Papa rutschte auf seinem Stuhl nach vorn. „Wir haben eine kleine Überraschung für dich." Er blickte Jule strahlend an. Katja lächelte.

„Und?", fragte Jule.

Jules Papa deutete mit seinem Zeigefinger auf die Wasserflasche, die auf dem Tisch stand. Eine Faltbroschüre lehnte dagegen.

„Für mich?", fragte Jule. „Was ist das?"

Jules Papa und Katja schauten sich an wie zwei Kinder, die etwas ausgeheckt hatten. Jule nahm den Flyer. Auf der Vorderseite war die Zeichnung eines Schiffes abgebildet.

„Bereit für eine Gruselgeschichte?", fragte Katja, die es vor Aufregung kaum noch aushielt.

„Darf es bei Ihnen noch etwas sein?", unterbrach sie ein junger Kellner. Er trug ein blaugestreiftes Ostfriesen-Hemd mit rotem Halstuch, so wie alle Leute, die im Butt arbeiteten. Sein Haar glänzte schwarz und seine makellosen Zähne leuchteten im Kontrast zu seinem dunklen Teint schneeweiß.

Jule fand ihn hinreißend. Sie lächelte ihn an. „Ich hätte gerne das Vanille-Eis mit Schokoladensoße!“

Der junge Mann nickte und lächelte zurück. „Und für Sie?“

Jules Papa und Katja schüttelten die Köpfe.

„Dann einmal Eis für die junge Dame!“ Er nickte Jule zu und eilte davon.

Jule fand es cool, dass er sie direkt angesprochen hatte. Sie fühlte sich auf einmal viel erwachsener.

„Also dann“, meinte Katja und deutete auf den Flyer. „Vanille-Eis mit Horror-Story.“ Sie zwinkerte Jule zu.

Jule schlug die Broschüre auf und begann zu lesen.

„Ein Logger bezeichnet einen Schiffstyp, der sich im 18. Jahrhundert entwickelte. Dieser sogenannte Gezeitenjäger war schnell und meistens dreimastig. Französische Fischer benutzten ihn bei der Islandfischerei. Im 19. Jahrhundert entstand daraus der Fischerei-Logger und später auch ein verwandter Bootstyp auf der Nordsee.“

Jule verstand nicht, was das sollte. Sie hatte keine Lust auf irgendwelche langweiligen Museumstouren. Sie verzog den Mund.

„Lies weiter“, befahl ihr Papa.

„Und einmal das Eis für die junge Dame.“ Der Kellner lächelte ihr wieder zu. Jule wurde rot. Sie legte den Flyer beiseite und machte sich über das Vanille-Eis her. Kühl und süß schmolz es auf ihrer Zunge.

Ihr Papa schnappte sich den Flyer. „Zuhören!“, kommandierte er und las nun weiter vor.

„Die Burhave war so ein Logger. Am 5. Oktober 1905 ging sie bei stürmischer See auf Fangreise in der Nordsee. Aber drei Tage später, am 8. Oktober 1905, sichtete der britische

Dampfer Nubia das Wrack der Burhave vor Borkum. Es dümpelte auf der Backbordseite. Und sechs Tage später, in der Nacht zum 14. Oktober 1905 wurde das Wrack am Nordoststrand der Insel Baltrum in aufrechter Lage vorgefunden.

„Sechs Tage später?“, platzte es aus Jule heraus. „Wieso ist denn vorher keiner hin und hat Hilfe geholt?“

„Das ist ja das Unheimliche“, erklärte Katja. „Das Wrack war ganze 6 Tage verschwunden.“

Jules Papa klopfte mit dem Zeigefinger auf den Tisch. „Ich bin noch nicht fertig!“

„Ja, Herr Lehrer. Wir hören jetzt wieder zu.“ Katja grinste.

Christian räusperte sich.

„Die Masten waren komplett abgebrochen. Keine Spur von der Mannschaft. Am Tag darauf fand man im Hellegat, dem Lagerraum des Schiffes, die Leiche eines Matrosen. Seine Taschenuhr war auf 11 Uhr stehengeblieben. In der Kombüse stand ein Topf mit heißem Labskaus. Die Leiche konnte nicht identifiziert werden.“

Jules Papa machte eine dramatische Pause und schaute bedeutungsvoll in die Runde. Dann fuhr er fort.

„Man sagt, dass dieser tote Matrose noch heute als Geist der Burhave jedes Jahr zur selben Zeit, am 14. Oktober um 11 Uhr, an den Strand nach Baltrum zurückkehrt. Angeblich hört man eine Schiffsglocke läuten und es riecht nach frisch gekochtem Labskaus.“

„Labskaus ist ein typisches Seemannsgericht, das …“, begann Katja.

„Katja! Wir kommen aus Hamburg. Wir wissen, was Labskaus ist,“ unterbrach Christian sie.

Katja machte eine entschuldigende Geste. Jules Papa

schaute seine Tochter erwartungsvoll an. Jule hatte ihren Eisbecher fast ausgelöffelt. Nun schauderte sie, als sie den kalten Glaskelch in die Hand nahm, um ihn auszukratzen. Vor ihrem inneren Auge erschien das Bild von einem Wrack mit Leiche und Labskaus. „Echt krass.“ Sie nickte anerkennend. Ihr Papa verdrehte die Augen.

„Cool!“, verbesserte sich Jule. „Und?“, fragte sie, weil sie noch immer nicht verstand, um was es hier eigentlich ging.

„Es geht ums Reiten“, gab ihr Papa nun triumphierend preis. Er blätterte zur Rückseite des Flyers.

„Auf den Spuren der Burhave! Erleben Sie mit uns am 14.10.2017 einen Reiterausflug, den Sie so schnell nicht vergessen werden! Unsere Tour durch das naturgeschützte Inselreich endet direkt am Strand, wo vor 112 Jahren der Logger Burhave strandete. Treffpunkt ist 09.30 Uhr am Reiterhof usw. und so fort.“

Ihr Papa legte den Flyer geöffnet vor Jule auf den Tisch und tippte mit dem Zeigefinger auf Fotos von lachenden Mädchen auf cremefarbenen Ponys.

Jule strahlte. Papa hatte ja versprochen, mit ihr reiten zu gehen.

„Es geht morgen um 9 Uhr los. Wir bringen dich zum Reiterhof. Dann hast du den ganzen Vormittag für dich!“ Zufrieden mit seiner Planung nahm er einen Schluck aus seinem Glas.

Jule runzelte die Stirn. Hatte sie das richtig gehört? „Wieso den Vormittag für mich? Wollt ihr mich loswerden? Du hast doch WIR gesagt. WIR gehen reiten.“ Sie schmiss ihren Löffel auf den Tisch, lehnte sich zurück und verschränkte die Arme vor der Brust. Katja schaute besorgt zu Christian.

„Was soll das?“, wollte Jule wissen. War das wieder einmal eine von Katjas brillanten Ideen?

„Ich dachte, du freust dich“, entschuldigte sich ihr Papa.

Jule spürte, wie ihr das Blut in den Kopf stieg. „Ich hatte mich darauf gefreut, mit dir alleine auszureiten!“, sagte sie und schaute ihren Vater an, als wollte sie ihn mit ihren Blicken töten.

Ein paar Sekunden lang blieb es mucksmäuschenstill.

„Du hast recht“, sagte Katja plötzlich. Sie stellte ihr Glas zurück. „Es ist albern, für Jule Überraschungen zu buchen, ohne es mit ihr abzusprechen.“ Nun schaute sie Jule direkt an. „Du bist ja schließlich kein kleines Kind mehr.“

Der Blick von Jules Papa wechselte von Katja zu Jule und wieder zurück.

Jule setzte sich unbewusst etwas auf.

„Du musst das Angebot ja nicht annehmen“, meinte Katja nüchtern.

Jules Papa wollte widersprechen, aber Katja legte ihre Hand auf seinen Unterarm und stoppte damit seine aufkeimende Entrüstung.

„Das ist doch nicht fair“, verteidigte sich Jule. Jetzt ging ihr das Katja-Problem langsam auf die Nerven. „Ich will ja reiten gehen, aber ich will, dass Papa mitkommt!“, protestierte sie. Und mit Blick auf ihren Vater fügte sie hinzu: „Du hast es versprochen!“ Ihre Augen blitzten ihren Papa wütend an.

„Tja“, meinte Katja seufzend. „Wenn du es versprochen hast ...“

Jules Papa wollte etwas sagen, aber Katja kam ihm zuvor. „Ich komme schon allein zurecht“, erklärte sie. „Diese Insel ist schließlich meine zweite Heimat.“ Doch in ihrer Stimme schwang Enttäuschung mit. Sie rutschte mit ihrem Stuhl vom Tisch ab und entschuldigte sich.

Jules Papa schaute ihr nach, als sie durch die Tür mit dem Bullauge verschwand.

Jule wippte ungeduldig mit den Füßen unterm Tisch. Noch immer hielt sie die Arme vor der Brust verschränkt. Ihr Papa schaute zerknirscht und knetete seine Serviette zu einer Kugel. Jule starrte auf ihren leeren Eisbecher.

Ihr Papa räusperte sich. „Ich dachte, du freust dich."

„Das tue ich ja auch", gab Jule kleinlaut zurück, „aber du hast WIR gesagt."

Ihr Vater legte den Kopf schief und versuchte ihr in die Augen zu blicken. „Also gut. Nur du und ich", sagte er versöhnlich.

Jule schmollte noch immer.

„Ok? Dann machen wir es so", entschied er. „Das wird sicher ... wie sagst du immer? Krass!"

„Mmmmh", machte Jule. Aber die anfängliche Begeisterung war aus ihrem Gesicht verschwunden.

53°43'45.1"N 7°25'54.5"E

Während Jule noch schmollend im Butt saß, stellten Doktor Baum, Stella und Luis am Oststrand der Insel seltsame Apparaturen auf. Glänzend schwarze Kugeln, etwas größer als Tennisbälle, waren auf dreibeinigen Stativen angebracht.

Luis klappte den Koffer auf, der wie ein übergroßes Laptop aussah. Der Monitor im Kofferdeckel leuchtete. Eine rotierende Kugel erstrahlte dort in blauem Licht. Luis schob sich ein Pfefferminzbonbon in den Mund. „Dann wollen wir mal!“, sagte er und tippte etwas auf der Tastatur ein.

Zahlen und zarte weiße Linien erschienen auf der blauen Kugel im Monitor. Sie verblassten kurz, um dann wieder hell aufzuleuchten. Doktor Baum, Stella und Luis starrten wie gebannt darauf.

Spaziergänger schauten neugierig und tuschelten. Ein Hund rannte kläffend an ihnen vorbei.

Stella notierte die nautischen Daten auf ihrem Tablet: 53 Grad, 43 Minuten, 45,1 Sekunden nördlicher Breite und 7 Grad, 25 Minuten, 54,5 Sekunden östlicher Länge. „Soviel also dazu“, sagte Stella nüchtern. „Weg ist sie, deine Stecknadel im Heuhaufen.“

„Luis, hast du an die magnetischen Abweichungen gedacht?“ Doktor Baum deutete auf den Monitor.

„Selbstverständlich“, sagte Luis und schob sich ein weiteres Bonbon in den Mund. Doktor Baum seufzte. „Ich war mir so sicher, dass wir nach dem Peak heute Morgen etwas scannen würden. Die Welle war so stark. Und nach meiner Theorie muss sie ein Echo haben. So, als würde man einen Stein ins Wasser werfen. Ein Kreis folgt dem nächsten.“

„Lassen wir es für heute gut sein, Baum“, sagte Stella.

„Es muss ein Echo geben. Ich bin mir absolut sicher.“

„Baum, wir sind Wissenschaftler. Bitte siehe den Tatsachen ins Gesicht. Vielleicht haben wir uns in eine fixe Idee verrannt.“ Stella legte eine Hand auf seine Schulter. Luis klappte den Koffer zu.

„Ich muss zurück in mein Büro“, sagte Baum. „Irgendetwas habe ich übersehen.“ Und ohne auf die beiden anderen zu warten, lief er los Richtung Hafen.

Stella seufzte. „Und du?“, wollte sie von Luis wissen, „glaubst du an die Möglichkeit einer … glaubst du an ihn?“ Sie schaute Doktor Baum hinterher. Luis schob sich das letzte Bonbon in den Mund und zerknüllte die Bonbon-Packung. „Eins habe ich gelernt“, sagte er. „Wenn der alte Herr sich etwas in den Kopf gesetzt hat, dann lässt er so schnell nicht locker!“

„So schnell?“ Stella schüttelte den Kopf. „Er forscht doch schon seit einer Ewigkeit daran. Du hast eine seltsame Auffassung von Zeit, Luis.“

„Ich weiß. Deshalb bin ich hier!“ Luis grinste.

Freitag, der 13.

An einem Freitag, den 13. musste man auf alles gefasst sein. Besonders, wenn man zwölf Jahre alt war und auf die Ankunft eines Geisterschiffes wartete. Jules Papa hatte sich die Uhrzeit bereits mittags im Butt notiert: 18:36 Uhr Sonnenuntergang. An diesem Wochenende schien auf Baltrum alles im Gruselfieber der Burhave zu stehen, die angeblich in jeder Nacht vom 13. auf den 14. Oktober vor der Insel sichtbar wurde.

Lagerfeuer wurden am Strand entzündet. Kleine Kinder rannten mit Piratenhüten und Holzsäbeln über die Insel. Da-

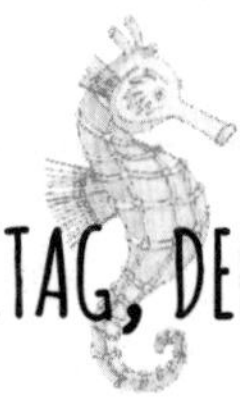

bei war die Burhave doch gar kein Piratenschiff gewesen. Aber das schien die Kleinsten nicht zu interessieren. Kinderwagen und Buggys wurden durch die Gegend geschoben. Eingehakte Pärchen, alte Leute mit Rollatoren, kleine Gruppen lachender Teenager, singende Erwachsene – die ganze Insel war auf den Beinen. Der Duft von Fischbrötchen, Currywurst und Pommes hing in der Luft.

Jule schlenderte mit ihrem Papa und Katja am Strand entlang. Am Horizont begannen winzige Lichter vorbeiziehender Frachter zu schimmern.

„Willst du dich nicht ein wenig amüsieren?", fragte ihr Papa. „Drüben am Strand kannst du Stockbrot backen." Er deutete Richtung Osten.

Jule hatte kein Interesse an Stockbrot. Sie hielt die ganze Zeit Ausschau nach Edda. Ihr Papa drückte ihr zehn Euro in die Hand. „Hast du dein Handy dabei?", fragte er.

Jule nickte.

„Spätestens um acht am Spielplatz", erklärte er. Wenn was ist, ruf an." Er drückte ihr einen Kuss auf die Wange. „Viel Spaß!"

Jule schoss durch die Menschentrauben hindurch. Sie hoffte, dass sie Edda an der verwehten Strandburg treffen würde. Sie durchquerte die dicht an dicht gereihten Strandkörbe, ließ die hell leuchtenden Lagerfeuer hinter sich und stapfte durch den feuchten Sand Richtung Osten.

Wind und Brandung übertönten allmählich das erwartungsvolle Geplauder und die Geräuschkulisse der feiernden Menschen. Nur hin und wieder flog noch ein Fetzen Musik herüber. Ein Mann mit Hund kam Jule entgegen, gefolgt von einem Händchen haltenden Paar. Dann wurde es still.

Es dauerte eine ganze Weile, bis Jule die Strandburg wiedergefunden hatte. In der fortgeschrittenen Abenddämmerung sah alles anders aus. Die Dünen wirkten höher, der Strand war viel breiter. Ein blasser Mond schob sich langsam empor. Jule ließ sich auf die alte Palette fallen. Von dem munteren Trubel an der Strandpromenade war nichts mehr zu hören und zu sehen. Der Wind hatte zwar nachgelassen, aber es war Jule, als würde das Meer einen kalten Atem auf den Strand hauchen.

Plötzlich konnte sie in einem kreisrunden Lichtkegel ihren eigenen Schatten erkennen. Sie drehte sich um und blickte in den blendenden Strahl einer Taschenlampe.

„Ich bin der Geist der Burhave!“, rief Edda und hielt sich die Taschenlampe unter das Kinn. Ihr gelber Regenmantel wirbelte durch die Dünen.

Jule hatte sich erschreckt, aber dann musste sie lachen. „Huuuuh“, machte Jule. „Da habe ich aber Angst.“ Sie grinste.

Edda sprang in die Strandburg. Sie hatte eine Schaufel dabei.

„Was willst du denn damit?“

„Wir gehen auf Schatzsuche“, erklärte Edda. „Es ist Freitag, der 13.“, sie machte eine theatralische Geste, „und der Jahrestag der Burhave!“ Sie kramte einen zerknitterten Zettel aus der Tasche ihres Regenmantels. „Wenn man überhaupt eine Chance hat, einen Schatz zu finden, dann nur an einem Freitag, den 13.“

„Einen Schatz?“ Jule zog die Augenbrauen hoch. „Und wer sagt das?“

„Ich natürlich!“, raunte Edda.

„Klar, wer sonst?“ Jule schüttelte den Kopf.

Edda leuchtete auf das zerknitterte Stück Papier in ihrer

Hand. Die beiden Mädchen steckten die Köpfe zusammen. Der Lichtkegel der Taschenlampe wanderte über eine Art Schatzkarte. Jule musste schmunzeln. Edda hatte grob die Insel aufgezeichnet. Irgendwo in den Dünen war ein rotes Kreuz gemalt. Wenn man aber genau hinschaute, konnte man sehen, dass an mindestens 15 anderen Stellen bereits einmal ein rotes Kreuz gezeichnet und wieder ausradiert worden war.

„Du scheinst ja richtig Ahnung von Schatzkarten zu haben“, frotzelte Jule.

„Nur kein Neid!“ Edda grinste.

Die beiden Mädchen machten sich auf. Sie stapften in die naturgeschützten Dünen und sangen: „Fünfzehn Mann auf des toten Mannes Kiste ... oooh und ‘ne Buddel voll Rum!“

Nachdem sie das Lied ausgiebig zelebriert hatten, begann Edda Witze zu erzählen. „Warum stehen die Kapitäne mit dem Messer am Deich? Na? Na? Na? Weil sie in See stechen wollen. Warum findet man bei dem Wirt aus dem Butt immer eine leere Flasche im Kühlschrank? Na? Na?“

Jule musste passen.

„Falls ein Gast *nichts* trinken möchte. Treffen sich zwei Zahnstocher im Park, kommt ein Igel vorbei ...“ Edda erzählte einen Witz nach dem anderen.

Sie waren schon eine ganze Weile durch die Dünen geklettert, als Edda plötzlich stehenblieb. „Sch!“ Sie hielt Jule fest.

Jule lachte noch immer, aber Edda schubste sie um. Dann schmiss sie sich neben Jule und legte ihr den Finger auf den Mund. Edda knipste die Taschenlampe aus. Und dann hörte Jule es auch. Stimmen. So unheimlich, dass ihr das Blut in den Adern gefror.

Der Geist der Burhave

Jule und Edda starrten sich an. Der Geist der Burhave!, schoss es Jule durch den Kopf. Sie hielt die Luft an. Sie wagte nicht, zu atmen. Edda bedeutete ihr, still zu sein. Dann kroch sie vorsichtig den Rand der Düne hinauf. Obwohl Jule vor Angst schlotterte, kroch sie zu Edda und lugte vorsichtig über den Rand.

In dem Dünental vor ihnen konnten sie zwei Männer erkennen. Die Körper waren schlank und drahtig, die Stimmen jung. Sie trugen hell gestreifte Hemden, die im blassen Mondlicht schimmerten. Dazu dunkle Hosen und einen Säbel an der Hüfte. Zwischen ihnen stand eine kleine Kiste. Jule presste sich beide Hände auf den Mund, sonst hätte sie wahrscheinlich vor Aufregung geschrien.

„Pars pro toto, Lucius", murmelte der erste Geist. Blut tropfte ihm von den Händen. Auch die Hände des anderen Mannes waren blutverschmiert. Dunkle Flecken versickerten im Sand. Die beiden Geister fielen auf die Knie. Mit ihren bloßen Händen hoben sie eine Grube aus. Dabei murmelten sie die ganze Zeit seltsames Zeug. Edda und Jule rutschten vorsichtig zurück.

„Der Geist der Burhave", flüsterte Jule. Ihre Stimme klang auf einmal ganz rau.

Edda machte „Sch..."

Jule hatte das Gefühl, ihr würde das Herz zerspringen, so sehr klopfte es. Sie versuchte zu schlucken, aber es ging nicht. Ihr Mund war staubtrocken.

„Keine Geister!", wisperte Edda. „Mein Bruder sagt, Geister sind Spökenkram." Sie überlegte. „Aber vielleicht sind es Schmuggler."

Jule starrte Edda ungläubig an. „Ich glaube, die sprechen Latein."

„Dann sind das im Leben keine Schmuggler." Edda holte tief Luft. „Ich will mir das nochmal anschauen."

„Bist du verrückt?" Jule hielt sie fest. „Lass uns bloß hier verschwinden."

Aber Edda bedeutete Jule wieder, dass sie still sein sollte. Dann kroch sie vorsichtig ein zweites Mal die Düne hinauf.

Jule blieb wie versteinert sitzen. Sie konnte sich vor Angst kaum bewegen.

„Psst", machte Edda. Sie winkte Jule zu sich und verschwand im gleichen Augenblick auf der anderen Seite der Düne.

Jule blieb der Mund offen stehen. Vorsichtig krabbelte sie Edda hinterher.

Die beiden Männer waren verschwunden. Edda kniete dort unten und schaufelte mit ihren Händen Sand beiseite.

Jule rutschte die Düne hinab und half ihr. Sie zogen die kleine Kiste aus ihrem kühlen Versteck und trugen sie, so schnell sie konnten, die Düne hinauf. Dann rutschten sie bäuchlings in ihre Mulde zurück. Keuchend schauten sie sich an. Edda nahm ihre Schaufel und brach damit den Deckel auf. Jule zitterte vor Aufregung.

Die Taschenlampe leuchtete auf. Edda hielt den Lichtkegel über die geöffnete Kiste. „Gold", sagte sie überrascht. Sie reichte Jule die Taschenlampe. Dann hob sie einen länglichen Gegenstand hoch. Er war mit Symbolen verziert und etwa so groß wie ein Lineal. An beiden Enden hatte das Ding eine Spitze, in der Mitte ein Loch.

„Krass!“, entfuhr es Jule.

Sie tauschten Taschenlampe gegen Schatz.

„Ganz schön schwer!“, stellte Jule fest. Sie strich mit dem Finger über die Symbole. Es fühlte sich eigenartig an. So, als würden sich die Zeichen unter ihren Fingern bewegen. Jule spürte ein Kribbeln. Dann schoss ein Schmerz durch ihren Arm, als hätte sie einen elektrischen Schlag bekommen.

„Aua.“ Sie ließ das Ding fallen.

„Was ist?“, fragte Edda und hob es wieder auf.

„Keine Ahnung“, sagte Jule und schüttelte ihren Arm.

„Ich werd’ verrückt“, triumphierte Edda. „Wer hätte das gedacht? Ein echter Piratenschatz!“

„Sieht eher aus wie der Zeiger einer Bahnhofsuhr.“ Jule schaute skeptisch.

„Ich wette, das ist aus purem Gold.“ Edda wog das Fundstück in der Hand.

Jule war flau im Magen. Noch immer pochte ihr Herz zum Zerspringen. „Willst du das etwa behalten? Was, wenn die Typen mit dem Säbel wiederkommen?“

„Das nennt man Strandrecht!“, erklärte Edda. „Was du am Strand findest, das gehört dir. Das war schon immer so.“

„Lass es uns lieber zurückbringen“, sagte Jule. Sie fand das ganz und gar nicht in Ordnung. „Es ist ja eigentlich nicht gefunden, sondern geklaut.“

„Nein!“ Edda starrte Jule an. „Ich will es behalten.“ Ihre Stimme ließ keinen Widerspruch zu. Jule wusste nicht, was sie darauf sagen sollte.

Edda legte das Ding zurück in die Kiste und klemmte sie sich unter den Arm. „Ich bringe es in mein Versteck“, erklärte sie entschlossen.

Jule blieb nichts anderes übrig, als ihr zurück an den

Strand zu folgen. Auf dem Weg dorthin schauten sich die Mädchen immer wieder vorsichtig um. Was, wenn die Typen hier noch irgendwo herumliefen?

„Ich kann ja mal versuchen herauszufinden, was das für ein Ding ist", meinte Jule. „Wenn es wirklich aus Gold ist", sie machte eine Pause, „dann sind wir reich!"

Edda blieb stumm.

Sie trennten sich an der Strandburg. Jule zog das Handy aus der Hosentasche. 20.07 Uhr. Mist! Sie würde zu spät kommen. Sie konnte noch nicht einmal anrufen. Ihr Handy hatte kein Netz. „Blödes altes Ding", fluchte sie. Sie rannte los. Aber ihre Knie waren weich und ihre Beine fühlten sich beim Laufen an wie Blei.

Pferde und Eis

„Jule, Mama ist am Telefon." Ihr Papa steckte seinen Kopf am nächsten Morgen in Jules Zimmer und hielt sein Handy hoch. Er schlich zum Bett und strich Jule sanft über die blonden Haare. „Susanne, deine Tochter schläft noch", flüsterte er ins Smartphone und wollte sich bereits wieder zum Gehen wenden.

Ohne ihren Papa anzusehen, steckte Jule schlaftrunken eine Hand unter der wärmenden Bettdecke hervor. Dabei knurrte sie wie ein Welpe, der sein Futter verteidigt. „Bin fast wach."

Ihr Papa zupfte an Jules Bettdecke. Dann zog er die Decke von Jules Fußende weg und kitzelte sie an den Füßen.

„Ach, Papa“, seufzte Jule, schnappte sich das Handy und verzog sich damit ganz unter die Bettdecke.

„Bin schon weg“, flötete ihr Vater. Im Türrahmen drehte er sich noch einmal um. „Du hast eine Stunde bis zu unserem Ausflug“, erklärte er und ließ Jule allein.

„Na, mein Sprösslein“, begann Jules Mama.

Seit ihrer Geburt hatte ihre Mama sie so genannt. Jule hatte früher immer gedacht, dass sie es wegen der vielen Sommersprossen in Jules Gesicht sagte. Erst viel später in der Schule im Sachunterricht, als sie Kresse in einen leeren Joghurtbecher pflanzen musste, wurde ihr bewusst, dass das Wort „Spross“ auch so etwas wie Nachwuchs bedeutete.

„Wie ist es denn so auf der kleinsten Insel im Wattenmeer?“, wollte ihre Mama wissen.

Unter der kuscheligen Bettdecke fragte sich Jule für einen Moment, ob sie wirklich gestern Abend am Strand gewesen war oder ob sie alles nur geträumt hatte. Am liebsten würde sie ihrer Mama von dem unheimlichen Erlebnis erzählen. Aber die würde ihr so etwas nie im Leben glauben! Außerdem würde es bestimmt mächtig viel Ärger geben. Schließlich ging es hier ja eigentlich um Diebstahl. Auch, wenn es nicht dasselbe war wie Ladendiebstahl oder ein Überfall. Und sowieso hatte ihre Mama früh morgens nur einen Kaffeebecher lang Zeit. Also am besten nur die halbe Wahrheit, überlegte Jule. „Ich habe ein Mädchen von der Insel kennengelernt.“

„Aha, und ist sie nett?“

„Total! Stell dir vor, wir pflegen zusammen eine Möwe gesund.“ Das war natürlich die harmlose Seite der Geschichte mit Edda.

„Wie schön, Jule, ich freue mich für dich.“

Eine Pause entstand.

Jule schluckte. „Alles sonst ganz ok hier. Papa und ich gehen heute reiten ...“

Doch bevor Jule mehr erzählen konnte, hörte sie ein Piepen durchs Telefon. Dieses Geräusch kannte sie genau. Es bedeutete, dass ihre Mutter nun sehr schnell nach einem Patienten sehen musste.

„Oh, es tut mir leid, Sprösslein!“, entschuldigte sich ihre Mama. „Ich rufe dich später noch einmal an, ok? Dann erzählst du mir mehr über deine neue Freundin mit der Möwe.“ Sie schickte drei fette Küsse durchs Telefon und legte auf. Jule schaute noch ein paar Sekunden auf das Bild ihrer Mama. Dann erlosch es mit dem Hinweis: Anruf beendet.

Jule fühlte sich, als wäre sie in der Sportstunde beim Mannschaftswählen vergessen worden. Dabei wartete heute ein eigenes Pony auf sie! Sie würde gleich allein mit Papa den Reitausflug machen. Aber bei dem Gedanken, heute noch einmal genau dort im Osten der Insel an den Strand zu gehen, wurde ihr flau im Magen.

Während sie ihre Zähne putzte, lauschte sie am offenen Badezimmerfenster dem Rauschen des Blaustrandhafers und dem Vogelgezwitscher in den Hagebutten. Ob Edda wieder Möwe fütterte? Eigentlich hatte Jule jetzt viel mehr Lust, nach den beiden zu schauen!

„30 Minuten bis zur Abfahrt!“, rief ihr Vater wie ein Schaffner.

Jule schlüpfte in ihre Jeans und ihren Pullover. Darüber zog sie eine pinkfarbene Weste mit fellbesetzter Kapuze. Sie liebte dieses Outfit. „Wo ist Katja?“, fragte sie so beiläufig wie möglich, während sie sich ein Brötchen mit Nutella fertig machte.

„Äh, wo ist mein Handy?“, fragte ihr Papa. Aber anstatt

die Frage ihres Vaters zu beantworten, leckte Jule die Nussnougatcreme vom Messer ab.

„Jule, bitte“, erwiderte ihr Papa mit etwas mehr Nachdruck. Jule zog das Handy ihres Papas aus der Hosentasche. Ihr Papa schüttelte den Kopf. „Mit meinem Handy am Hintern willst du aufs Pferd steigen! Na toll!“ Er knuffte Jule mit einem breiten Grinsen in die Seite. „Wir treffen Katja erst heute Nachmittag zum Eis essen. Und nun beeil dich!“ Und mit dieser Aufforderung räumte er den Tisch ab.

Langsam freute sich Jule doch noch auf den Tag. Pferde und Eis! Was sollte da noch schief gehen?

Eine seltsame Entdeckung

Das Wetter war sonnig, aber frisch. Jule genoss den Tag. Sie war glücklich über ihr braun-weiß geschecktes Pony mit Namen Paddy. Erleichtert hatte sie festgestellt, dass sie mit den Pferden eine Route einschlugen, die in weitem Bogen um die Stelle ihres gestrigen Ausflugs vorbeiführte.

War es wirklich erst ein paar Stunden her, dass sie sich dort am Oststrand zu Tode erschreckt hatte? Am Tag sah alles so friedlich aus! Nichts deutete darauf hin, dass hier seltsame Dinge geschahen.

Weil sie eine gute Reiterin war, durfte sie für eine halbe Stunde mit ihrem Papa den Strand abseits der anderen erkunden. Drei Leute in rot-weißen Overalls kamen ihnen entgegen. Jule erkannte die Leute vom Motorboot wieder. Sie wunderte sich über die seltsame Kleidung und die merkwürdigen Apparaturen, die die Drei dabei hatten.

Waren das Geisterjäger? Jule hatte mal davon gehört, dass es Forscher für sogenannte paranormale Phänomene gab.

Plötzlich überholte ihr Papa sie. „Na, machst du schon schlapp?", rief er und lachte. Jule schüttelte die dunklen Gedanken ab.

Sie preschten mit ihren Ponys den Strand hinauf und hinunter. Es war so schön, Papa für sich alleine zu haben!

Um kurz vor 11 Uhr ritten sie zu den anderen Reitern zurück. Eine Schiffsglocke läutete. Und dann tauchte ein Mann in Matrosenkleidung auf. Der „Geist" der Burhave blieb völlig stumm und winkte. Jule wusste, dass hier nur ein Mann in einem albernen Kostüm einen Touristen-Gag vollführte. Aber trotzdem erschreckte sie sich. Wenn die wüssten!, dachte sie. Die Erinnerung an den gestrigen Abend ließ sie frösteln.

Nach dem Ausritt hatte man Jule erlaubt, ihr Pony zu striegeln und zu bürsten. Die Wärme, die das Tier ausstrahlte, war beruhigend. Jule sog den Duft nach Heu, Leder und Kraftfutter tief in sich hinein. Am Ende hatte sie überglücklich Abschied von Paddy genommen und so lange gebettelt, bis ihr Papa versprochen hatte, noch einmal mit ihr herzukommen. Ihr Papa strahlte über das ganze Gesicht, als er sah, wie glücklich Jule war.

Nun warteten sie an einem windgeschützten Tisch vorm Butt auf Katja und die Eiskarte.

„Aha, die junge Dame von gestern Abend", begrüßte sie der charmante Kellner wieder. Katja hatte Jule verraten, dass er Francesco hieß und dass sein Opa Italiener war. Mit dem Wort „Prego" legte er die aktuelle Eis- und Kuchenkarte auf den Tisch. Jule wurde rot.

„Da ist Katja“, bemerkte ihr Papa und winkte seiner Freundin vom Tisch aus zu. Katja balancierte gerade zwei volle Papiertüten mit Lebensmitteln auf den Armen. Dabei rutschte ihr die Handtasche von der Schulter. „Ich hab das klimaschonende Einkaufsnetz vergessen“, rief sie ihnen leicht säuerlich zu.

Das Katja-Problem ist zurück, stellte Jule mit Bedauern fest. Die Zweisamkeit mit Papa war damit vorbei.

Katja ließ sich auf den rustikalen Bistro-Stuhl fallen. „Puh“, seufzte sie und stellte die Tüten vorsichtig ab. „Und?“, wollte sie wissen. „Wie war's?“

Jule schwieg. Wieso wollte Katja eigentlich immer alles so genau wissen, fragte sie sich.

„Fantastisch“, legte ihr Papa los. Und zu Jule gewandt: „Oder, Jule?“

„Ja, ganz ok“, entgegnete sie kurz. Jule tat so, als würde sie die Eiskarte lesen. „Ich geh mal auf die Toilette“, erklärte sie. Und damit entzog sie sich der Situation. Eigentlich musste sie gar nicht.

Auf dem Weg in die Gaststube hörte sie, wie ihr Vater vom Ausritt am Strand erzählte. Der Appetit auf Eis war ihr auf einmal vergangen.

Sie stieß die Tür mit dem Bullauge auf und verschwand im Gang, der zu den Toiletten führte. Im dämmrigen Flur blieb sie stehen. Die Bilder sahen aus, als würden sie auf Jule hinabblicken. Segelboote, Dünen, das Meer.

Als sie sich eben missmutig wegdrehen wollte, fiel ihr Blick auf ein altes Foto in schwarz-weiß. Ein Mädchen in Badeanzug und Regenmantel stand auf einem Holzfass. Im Hintergrund eine Strandburg, eine Frau mit Sonnenbrille, die eine Zeitung auf den Knien liegen hatte. Jule überlegte, ob die

Frau in der Strandburg wohl die Mutter des Mädchens war, denn sie schaute zu der Kleinen hinüber. Die hatte einen riesigen Feldstecher vor den Augen. Damit blickte sie in die Ferne.

Irgendetwas an diesem Foto faszinierte Jule. Was mochte die Kleine mit dem viel zu großen Fernglas wohl sehen? Plötzlich stutzte sie. Am rechten unteren Rand ragte ein verbeulter Eimer ins Bild. Dahinter war im Schatten der Strandburg eine Möwe zu erkennen, deren linker Flügel merkwürdig zur Seite hing und den Sand berührte. Jule schaute sich das Mädchen noch einmal an, aber das riesengroße Fernglas machte es unmöglich, ihr Gesicht zu erkennen. Auch wenn das Mädchen Edda ähnelte, so konnte das ja wohl unmöglich Edda sein! Dieses Foto war uralt.

Es dauerte eine Weile, bis Jule sich einigermaßen beruhigt hatte. Wahrscheinlich war sie inzwischen völlig durcheinander. Ganz bestimmt war das nur ein komischer Zufall! Ihre Augen blieben an dem Mädchen mit dem Regenmantel hängen. Diese Ostfriesennerze sahen heute noch genauso aus wie früher. Und ganz bestimmt gab es schon immer Möwen, die in den Abfällen von Urlaubern nach Nahrung gesucht haben.

Die Namen des Winds

Am nächsten Morgen war es stürmisch. Doch die Sonne schickte wie zum Trotz weiterhin wärmende Strahlen auf Land und Meer. Schon bald würden die Sturmfluten über die Insel peitschen und das Meer würde sich zurückholen, was die Menschen ihm mühselig abgerungen hatten. Im Winter verschlang das Wasser oft den halben Strand. Wie ein hungriges Tier würde das Meer sich riesige Stücke aus dem Sand reißen und zahlreiche Schäden an der Strandpromenade hinterlassen.

Doch davon wusste Jule nichts. Sie beschäftigte an diesem Morgen nur Edda und die Möwe. Sie hatte am Abend versprochen, frische Brötchen für das Frühstück zu besorgen. Dass sie zu Edda wollte, musste ja keiner wissen.

Bevor Jule zum Strand lief, betrat sie den kleinen Lebensmittelladen an der Ecke. Eine altmodische Türglocke erwachte, als Jule die Tür nach innen öffnete. Jule würde auch für Edda ein Croissant kaufen. Der Duft nach frisch gebackenem Brot strömte ihr entgegen.

Hinter dem Tresen bediente Oma Gerda. Alle Leute auf der Insel, ob Einheimische oder Touristen, nannten sie so. Sie hatte ihre weißen Haare zu einem Dutt zusammengesteckt. Sicher war sie schon 100 Jahre alt, dachte Jule. Ihr ganzes Gesicht war voller Falten. Ihr Kittel war schneeweiß und an den ärmellosen Rändern rosa gesäumt. Ihre Unterarme und Hände waren von Altersflecken ganz braun. Sie erinnerten Jule an die Hände ihrer eigenen Großmutter.

Eben reichte Oma Gerda mit strahlenden Augen einen frisch verpackten Laib Graubrot über den Tresen, der von einer jungen Mutter in einem neongrünen Outdoor-Dress entgegen genommen wurde. In einem Tragegurt vor ihrer Brust hing ein Baby, das mit glucksenden Lauten begann an der Tüte zu nesteln.

„Sag Tschüss", forderte die junge Mutter ihren Nachwuchs auf. Dabei hob sie den Arm des Babys zum Abschiedsgruß in die Luft.

„Tschüss“, entgegnete Oma Gerda hinter dem Tresen. „Und was kann ich für dich tun?“ Sie lächelte Jule an, die nun die einzige Kundin im Laden war.

Jule orderte gemäß den Wünschen von Papa und Katja Laugenstangen und Croissants. Während sie zuschaute, wie ihre Bestellung Stück für Stück in einer Papiertüte verschwand, überlegte sie, ob sie höflichkeitshalber irgendetwas sagen sollte.

Oma Gerda kam ihr zuvor. „Verträgt ein Mädchen aus der Stadt denn auch einen Brownie?“

Jule musste schmunzeln, denn Oma Gerda sprach das Wort deutsch aus - so wie die Farbe Braun. Ehe sie antworten konnte, fügte Oma Gerda noch hinzu: „Der ist natürlich gratis!“

„Danke“, erwiderte Jule brav. Sie strahlte, nahm den Brownie und biss sofort hinein. Während sie kaute, überlegte sie, woher Oma Gerda wusste, dass sie aus der Stadt kam. Aber dann fiel ihr ein, dass sie ihren grauen Hoodie mit dem Schriftzug und der Skyline von Hamburg trug. Oma Gerda reichte Jule die Tüte mit den duftenden Brötchen über den Tresen. Jule bezahlte und drehte sich zum Gehen um, aber da weckte etwas ihre Aufmerksamkeit.

Über einem weißen Stehtisch neben dem Eingangsbereich hingen zahlreiche Inselfotos; eine bunte Mischung aus mehreren Jahrzehnten.

„Oh“, meinte sie überrascht „Das Bild hängt auch im Butt, oder?“, und sie deutete mit dem Finger auf sechs junge Männer in Badehosen und weißem T-Shirt mit Aufschrift: DLRG Baltrum. Zwei von den Rettungsschwimmern knieten im Sand, die anderen vier standen dahinter und lächelten in die Kamera. Einer von ihnen ähnelte Francesco. Ihre Gesichter und Beine waren braungebrannt. Das war selbst auf dem schwarz-weißen Foto gut zu erkennen.

Oma Gerda kam hinter ihrem Tresen hervor und setzte ihre Lesebrille auf, die an einer dünnen Kette um ihren Hals baumelte. „Ah, ja! Mein Gott, ist das lange her. Das war, warte mal ..." Ihr Blick liebkoste das Bild, als wäre es ein wertvolles Schmuckstück. Dann seufzte sie. „Das war lange bevor ..." Sie brach ab und schluckte.

„Buongiorno, nonna Gerda!" Francesco wirbelte mit einem Lächeln in den Laden und brachte einen kühlen Windstoß mit. Er hob die Oma hoch, als wäre sie aus Papier und drückte ihr einen fetten Kuss auf die Wange.

„Oh, nein, oh nein! Lass mich runter! Ich bin doch keine 17 mehr!" Oma Gerdas Wangen begannen zu glühen und Jule konnte merken, dass sie diese Begrüßung durchaus genoss.

Dann blickte Francesco zu Jule. „Ah, da ist ja auch die junge Dame von nebenan!" Und mit diesen Worten setzte er die Oma vorsichtig wieder ab.

Oma Gerda ordnete ihr Haar, das gar keine Ordnung benötigte. „Du meine Güte, immer so stürmisch", tadelte sie mit gespielter Strenge.

Francesco lächelte. „Ja, stürmisch ist es heute. In Italien nennen wir diesen Wind Tramontana, aber hier gibt es ja keine Berge. Alles flach wie eine Pizza - ohne Belag."

Jule stand verlegen im Laden und wusste nicht, ob sie gehen oder bleiben sollte.

„Tramontana bringt schlechtes Wetter und Sturm, junge Dame." Francesco schnappte sich ohne zu fragen einen Brownie und erzählte weiter. „Der Wind ist lebendig. Er hat Charakter, verstehst du?" Dabei sah er Jule an, als müsste er ihr das kleine Einmaleins erklären. „In Deutschland ... pah, ist alles bürokratisch. Wind aus Nordwest, Wind aus Nordost. Das war's. In Italien hat der Wind den Namen, den er verdient." Und mit diesen Worten biss er in seinen Brownie.

Oma Gerda schüttelte amüsiert den Kopf. „Als ob der Herr was vom Wetter verstehen würde!", tadelte sie und begab sich wieder hinter ihren Tresen.

Francesco grinste. „Levante, der Ostwind", begann er plötzlich. „Er kommt von der aufgehenden Sonne, warm und beständig, gut für die Segler. Mezzogiorno bringt warme trockene Luft aus Süden. Der Scirocco kommt aus Südost, bringt selten Überraschungen, nur manchmal Sand aus der Sahara."

Francesco kam jetzt erst richtig in Fahrt. Er unterstrich jedes Wort mit einer theatralischen Geste. In Jule hatte er ein aufmerksames Publikum gefunden.

„Libeccio - böig und feucht. Ach, wie eine nasse Katze! Ponente ist kräftig, aber gleichmäßig. Grecale, buh, Nordostwind, eiskalt und stürmisch!"

Jule stand mit offenem Mund da und starrte Francesco an.

„Papperlapapp", neckte Oma Gerda. „Ich brauche dem Wind keine Namen zu geben, um zu wissen, wann ich die Fensterläden zumachen muss."

Francesco leckte sich den letzten Krümel seines Brownies vom Finger. Da er ahnte, was nun kam, beugte er sich zu Jule und sagte gleichzeitig mit Oma Gerda: „Sturm ist erst, wenn die Kühe fliegen."

Oma Gerda schaute über den Tresen zu Francesco. Und mit erneut gespielter Strenge fragte sie: „Machst du mich etwa nach?"

Jule musste lachen. Ihr gefielen die Oma und Francesco ziemlich gut.

„Oh porca miseria, wie könnte ich?“ Und damit verschwand Francesco im hinteren Teil des Ladens, um zwei Kisten mit frischem Weißbrot zu holen.

„Tschüss“, sagte Jule etwas lauter als nötig.

„Tschüss“, antwortete Oma Gerda.

Draußen vor dem Laden stopfte Jule die Brötchentüte unter ihren Pullover. Dann rannte sie los. Sie wollte auf keinen Fall Edda verpassen.

Kein Netz, aber fliegende Fische

Jule suchte den Strand nach dem gelben Regenmantel ab. Auf Höhe der verwehten Strandburg blieb sie stehen. Doch weder Edda noch Möwe waren zu sehen. Enttäuscht setzte sie sich auf das Stück Palette. Die Sonne schien zwar, aber der Wind war eiskalt. Sie zog sich die Kapuze über ihren Kopf. Dann vergrub sie ihre Hände unter dem Pullover und legte ihre Finger um die warme Brötchentüte.

„Wo warst du gestern?“ Edda war durch die Dünen gekommen. An ihren bloßen Füßen klebte knöchelhoch feuchter Sand. Der gelbe Regenmantel leuchtete. Sie hatte den weißen Eimer und eine braune Papiertüte dabei.

„Wir haben doch gestern den Ausflug gemacht“, entschuldigte sich Jule. „Und danach war family business angesagt.“

„Du redest lustig“, sagte Edda und schüttelte den Kopf. Sie kniff die Augen zusammen und suchte den Strand ab.

„Hast du herausgefunden, was das goldene Ding ist?“, wollte Edda wissen, ohne den Blick vom Meer zu wenden.

„Verdammt“, sagte Jule. „Das hab ich total verschwitzt.“ Sie zog ihr Handy aus der Tasche. „Mist, schon wieder kein Netz“, stellte sie ernüchtert fest.

Edda runzelte die Stirn. „Kein Netz?“, fragte sie und musste lachen. „Was willst du denn fischen?“

„Sehr witzig!“ Jule steckte das Handy wieder ein. Sie folgte Eddas Blick.

„Ich kann Möwe nirgends finden.“ Edda schaute besorgt um sich.

Jule brannte eine Frage unter den Nägeln. „Glaubst du, dass die beiden Männer aus den Dünen tot sind? Sollten wir vielleicht nachschauen?“

„Das habe ich schon gemacht!“, erklärte Edda und drehte sich zu Jule um.

Jule war beeindruckt. Keine zehn Pferde hätten sie noch einmal ganz alleine an die Stelle zurückgebracht.

„Nichts“, fuhr Edda fort. „Noch nicht einmal Fußspuren. Aber in den Dünen verschwindet sowieso jede Spur nach einem Tag.“

„Nichts? Noch nicht einmal Blut? Irgendetwas?“ Bei dem Gedanken an das Blut bekam Jule eine Gänsehaut.

Edda schüttelte den Kopf. „Gar nichts.“

Strandläufer huschten an ihnen vorbei. Jule schaute in den Eimer. Dieses Mal lagen zwei tote Fische darin. Die Mäuler waren leicht geöffnet. Es sah aus, als wären sie mitten im Kaffeeklatsch verstummt. Die Augen starrten schwarz und glänzend, so dass Jule sich darin spiegeln konnte. Silbrige Schuppen schwammen in rosafarbenem Wasser. Der Anblick ließ Jule schaudern.

„Möwen fressen praktisch alles“, erläuterte Edda. „Sie sind wie Mülleimer.“

Jule nahm einen Fisch und hielt ihn am Schwanz in die Höhe. Dabei rümpfte sie die Nase. Sie hatte sich vor einem halben Jahr dazu entschlossen vegetarisch zu essen. Aber sie war ja auch keine Möwe.

„Achtung“, rief Edda plötzlich und duckte sich.

Jule war so überrascht, dass sie wie angewurzelt stehen blieb. Über ihrem Kopf rauschte es und sie spürte einen derben Schlag im Gesicht. Der tote Fisch wurde ihr jäh aus der Hand gerissen. Jule plumpste auf den Hintern und fand sich neben Edda wieder. Sie rieb sich die schmerzende Wange.

„Da!“, schrie Edda und sprang auf die Füße.

Jule lag noch immer auf dem feuchten Sand. Alles war so schnell gegangen, dass sie verwirrt zusah, wie Edda begeistert vor ihr auf und ab hüpfte.

Edda reichte Jule die Hand. „Schau doch nur!“, sagte sie und zeigte auf den Strand hinter Jule.

Möwe verschluckte den Fisch gerade in einem Happen.

„Sie war das! Sie kann wieder fliegen!“, stieß Jule hervor.

„Hätte ich nicht gedacht“, sagte Edda. Ihre Augen leuchteten vor Begeisterung. „Gestern hat sie nur ein paar klägliche Flugversuche unternommen.“

Jule schaute zu, wie Möwe beide Flügel ausstreckte und dann ordentlich wieder zusammenlegte. Jule schnappte sich den Eimer und reichte ihn Edda „Jetzt du!“, forderte sie Edda auf.

Edda griff sich den zweiten Fisch und hielt ihn am ausgestreckten Arm hoch. Möwe kam ein Stück auf Edda zu und begann mit dem Kopf zu wackeln.

„Sie wartet darauf, dass du ihr den Happen zuwirfst.“

„Das könnte dir so passen“, fuhr Edda die Möwe scharf an.

„Hol ihn dir gefälligst!“ Edda schaute Jule an. Jule nickte. Sie drehten sich um und rannten los.

„Los, komm schon“, rief Jule während sie versuchte mit Edda Schritt zu halten. Sie schaute sich nach hinten um. Möwe stand da wie ein begossener Pudel, dem man das Stöckchen geklaut hatte. Edda hielt den Fisch weiter wie einen Spielzeugdrachen hoch in die Luft.

„Was macht sie?“, wollte Edda wissen.

Jule schaute sich abermals um. „Sie versteht nichts“, keuchte sie. Das Rennen auf dem nassen Sand fiel ihr mit den Gummistiefeln deutlich schwerer als Edda, die barfuß lief.

Edda blieb stehen und schaute zurück. „Die dumme Möwe!“ Sie lachte. „Sie glaubt wohl, sie sei die Königin von Saba.“ Dann schrie sie: „Glaubst du, ich werde dich ewig füttern? Streng dich gefälligst mal an!“

„Gehen wir zurück?“, fragte Jule keuchend und stützte sich ihre Hände in die Seiten.

Edda ließ den Arm mit dem Fisch sinken. „Wenn sie das nicht schafft“, sagte sie besorgt, „hat sie hier draußen kaum eine Chance.“

„Das gibt’s doch nicht“, schrie Jule plötzlich.

Möwe hatte sich an der duftenden Brötchentüte zu schaffen gemacht, die Jule auf der Palette liegen gelassen hatte. Jule rannte zurück. Edda folgte ihr.

„Hey, hey, hey“, rief Jule und ruderte dabei mit beiden Armen, in der Hoffnung, sie könne Möwe damit von den Brötchen vertreiben. Die hatte sich aber schon ein Croissant geschnappt und zerrte ihre Beute Richtung Düne. Jule schnappte sich die aufgerissene Tüte und stopfte sie schützend wieder unter ihren Pullover. Edda ließ den Fisch zurück in den Eimer plumpsen. Dann ließen sich beide Mädchen auf die Palette fallen und fingen an zu lachen. Möwe stand vor ihrem Croissant und fiel mit dem typischen Ruf einer Lachmöwe ein, wobei sie den Schnabel weit aufriss und den Kopf leicht zurück beugte.

„Brötchen?“, fragte Jule.

„Fisch?“, fragte Edda und deutete auf den Eimer.

Ihr Lachen wurde nur vom auffrischenden Wind übertönt.

„Das ist der Tramonti“, ahmte Jule Francesco nach.

Edda kaute genüsslich an ihrem Croissant.

„Kennst du den verrückten Kellner aus dem Butt?“, wollte Jule wissen.

„Du meinst Francesco?“

„Ja, genau den.“ Jule nickte. „Er sagt, dieser Wind heißt in Italien Tramonti.“

„Tramontana, nicht Tramonti!“, erklärte Edda.

Jule zuckte mit den Schultern. „Wie auch immer!“ Sie zögerte ein wenig, bevor sie fortfuhr. „Ich finde den echt süß.“

„Du spinnst. Viel zu alt!“ Edda verzog das Gesicht.

Jule wurde rot.

Edda schaute sich zu Möwe um, die das Croissant völlig zerfleddert hatte. Sie griff in den Eimer und holte den Fisch wieder heraus, der inzwischen in einer kleinen salzigen Blutlache schwamm. „Was machen wir nun mit dem hier?“ Und mit diesen Worten schmiss sie den Fisch hoch in die Luft.

Doch bevor er zu Boden fallen konnte, schoss Möwe wie ein Pfeil über den Strand und hatte sich den Fisch aus der Luft geangelt. Edda und Jule schauten sich verblüfft an.

„Krass!“, jubelte Jule. Edda strahlte.

Jule rappelte sich hoch. „Sehen wir uns später? Ich muss nämlich jetzt zum Frühstück mit meinem Papa und seiner neuen Freundin.“ Dabei stampfte sie mit dem Absatz ihres Gummistiefels verlegen einen Kreis in den feuchten Sand.

„Was ist mit deiner Mama?“, fragte Edda geradeheraus.

Jule seufzte. Sie wollte eigentlich nicht über die Trennung ihrer Eltern sprechen. Warum habe ich Katja überhaupt erwähnt?, fragte sie sich. „Happy Patchworkfamily“, sagte sie deshalb ironisch.

„Verstehe ich nicht.“ Edda schüttelte den Kopf.

„Meine Eltern leben getrennt ... aber ist ja auch egal“, erklärte Jule.

Edda stand ebenfalls auf. Sie drückte Jule die braune Papiertüte in die Hand, die sie mitgebracht hatte. „Hier“, sagte sie und lächelte.

„Was ist das?“ Jule spähte in die Tüte.

„Frische Krabben, musst du nur noch pulen.“

„Ist das Fisch?“ Jule rümpfte heute zum zweiten Mal die Nase.

„Nee, Krabben, also Garnelen, na ja, Krabben halt.“

Da Jule damit nichts anfangen konnte, bedankte sie sich einfach. Sie verabredeten sich für den Mittag, um mehr über das seltsame goldene Ding herauszubekommen.

„Ich finde bestimmt etwas im Internet“, erklärte Jule.

„Wieso im Internat?“, fragte Edda verständnislos.

„Du hast echt Sinn für Humor!“ Jule lachte. Dann lief sie los. Sicher machte sich ihr Papa schon wieder Sorgen.

Während sie den Strand Richtung Westen zurücklief, hörte sie über sich eine Lachmöwe schreien. Der Wind frischte immer mehr auf und Jule musste sich regelrecht dagegen stemmen, um voranzukommen. Sie drehte sich noch einmal zu Edda um, konnte sie aber nirgendwo entdecken. Stattdessen waren die Leute mit den Messgeräten da. Was machten die denn schon wieder hier?

Als Jule mit sandigen Gummistiefeln die Ferienwohnung betrat, hatte sie ein seltsames Gefühl. Irgendetwas hatte sich verändert. Sie zog vorsichtig die Stiefel aus und stellte sie zurück in den Flur. Aus der Küche drang das blubbernde Geräusch der Kaffeemaschine und sie hörte Geschirr klappern. Ihr Papa sang. Aber Jule erkannte lediglich am Text, dass es wohl „Satisfaction" von den Rolling Stones sein sollte, denn ihr Vater konnte nicht einen einzigen geraden Ton halten.

Jule kam sich plötzlich wie ein Eindringling vor. Warum hatte sie sich eigentlich so beeilt? Sie wurde anscheinend noch gar nicht vermisst.

„Jule?" Ihr Papa hatte das Zuschnappen der Tür gehört und steckte den Kopf aus der Küche. Er lächelte.

Unter seinem offenen Bademantel trug er gestreifte Shorts und ein dunkelblaues T-Shirt. Sein Haar war leicht zerzaust und er war unrasiert. Erst jetzt fiel Jule auf, dass sie ihren Papa schon lange nicht mehr im Bademantel und mit verwuschelten Haaren gesehen hatte. Die Sonntagmorgen, an denen sie mit Papa und Mama im Bett gekuschelt hatte, schienen ihr so weit weg wie aus einem anderen Leben.

„Ist was passiert?", fragte ihr Papa besorgt, denn Jule stand nur da und schaute ihn an. Sie schüttelte den Kopf und reichte ihm stumm die Tüten. Ihr Papa nahm beide wie ein Paketbote entgegen.

Katja kam nach Seife und Shampoo duftend aus dem Badezimmer. Ihre anthrazitfarbene Bluse mit silbernem Revers hatte sie in ihre schwarze Slim Fit Chino gesteckt.

Jules Papa rümpfte die Nase. „Was riecht denn hier so nach Fisch?"

„Also, ich bin es nicht", gab Katja lachend zurück.

„Das sind die Krabben", erklärte Jule. „Ganz frisch, musst du nur noch pulen", wiederholte sie Eddas Worte.

„Wo hast du die denn jetzt her?" Katja schaute in die Tüte.

„Von Oma Gerda", log Jule. Musste ja keiner wissen, dass sie heimlich am Strand war.

Katja schnüffelte an der Tüte und verzog angewidert ihr Gesicht. „Entschuldigung, Jule, aber die sind total verdorben!" Sie entsorgte die Tüte im Mülleimer.

Seltsam, dachte Jule. Sie wusch sich gründlich die Hände. Den Geruch nach Fisch wurde sie aber nicht ganz los. Dann setzte sie sich an den gedeckten Frühstückstisch.

Zweige von frischem Sanddorn lagen dekorativ auf dem Tisch und leuchteten orange. Rührei dampfte in einer Schüssel, Servietten mit Muschelmotiv lagen an jedem Platz. Hatte sie etwas verpasst? Jule fühlte sich, als wäre sie aus Versehen im Hotel Ritz gelandet.

Da weder Katja noch ihr Papa erschienen, betrachtete sie auf ihrem Handy nach und nach die Fotos, die sie gestern auf Instagram gepostet hatte. Zum Glück hatte sie hier wieder Netz!

Die Hälfte aller Bilder zeigte sie selbst mit ihrem Pony Paddy. Einmal hatte sie auch den endlosen Strand gepostet, dann ihren Papa neben der berühmten Inselglocke, den falschen Geist der Burhave und dreimal frisches Labskaus. Ein Selfie reihte sich ans andere.

Hätte ich doch nur schon ein neues Smartphone, dachte sie. Plötzlich fiel ihr ein, dass sie vergessen hatte, Edda nach ihrer Handynummer zu fragen. Noch nicht einmal ein Foto von Edda oder Möwe hatte sie gemacht. Sie nahm sich vor, das später nachzuholen.

Ihr Papa erschien nun frisch rasiert und komplett neu angezogen am Frühstückstisch. „Leg jetzt bitte mal das Handy weg!“, sagte er knapp.

„Ja, aber wir haben doch noch gar nicht angefangen“, gab Jule knurrend zurück. Warum musste ihr Papa, was das Handy anging, immer so einen Aufstand machen? Aber dann dachte sie wieder an das neue Smartphone, das Papa ihr für Weihnachten versprochen hatte. Sie legte ihr Telefon weg. Ihr Papa dankte ihr stumm mit einer Kusshand.

Katja kam und setzte sich zu ihnen. Sie sah Jules Papa an. „Du zuerst“, meinte sie.

Flut, Ebbe und wieder Flut

Die Sonne versteckte sich hinter den Wolken, so als hätte sie beschlossen, sich heute nicht mehr zu zeigen. Der Wind hatte zugenommen. Die Fahnen an der Strandpromenade knatterten lautstark.

Jule ließ ihre Jacke und ihr Telefon liegen und stürzte die Treppe hinunter. Ihr Papa wollte sie festhalten, aber Jule riss sich los. Sie rannte so schnell sie konnte, flog über die roten Pflastersteine dem Strand entgegen und lief auf Socken über den Sand, bis sie schließlich Seitenstechen bekam.

Ihr Papa und Katja hatten eben beim Frühstück die Mega-Bombe platzen lassen! Sie hatten einen Entschluss gefasst, den sie mit Jule vorher besprechen wollten. Daher das ganze Tamtam beim Frühstück! Und Bam, war die Bombe geplatzt!

Der ganze Trip nach Baltrum war eine einzige große Lüge!

Obwohl man die Dünen hier nicht betreten durfte, kletterte Jule mitten in das naturgeschützte Sperrgebiet hinein. Das harte Dünengras, an dem sie sich festhielt, war scharf wie eine Rasierklinge und schnitt ihr in die Finger. Jule ließ sich in eine windgeschützte Mulde fallen. Sie zitterte und wischte sich mit dem Ärmel Tränen aus dem Gesicht. Sie versuchte sich zu beruhigen. Aber jedes Mal, wenn sie sich sagte, dass alles gut werden würde, wurde sie wieder wütend.

Ich wurde hereingelegt, dachte sie. Es ging hier doch gar nicht um Urlaub oder Erholung. Das alles war doch nur ein Versuch, sie zu bestechen! Und was war mit Mama? Wusste sie, dass Papa und Katja im nächsten Jahr auf Baltrum heiraten wollten? Wusste Mama, dass man Jule hier für blöd verkaufte? Es gab doch gar nichts zu besprechen! Die ganze Zeit hatte ihr Papa sie belogen! Sie wurde doch gar nicht danach gefragt, was sie wollte! Alles war längst beschlossen. Das war so klar wie Kloßbrühe! Und keiner hatte es ihr gesagt.

Jule hasste alle drei! Sie wollte nur noch weg. Aber wie sollte sie alleine von der Insel kommen? Ich rufe Oma an, dachte Jule. Aber dann fiel ihr ein, dass sie ihr Handy nicht dabei hatte.

Jule vergrub ihre Finger im kühlen Sand. Sie würde für immer und ewig ein blödes Scheidungskind bleiben! Ihre Lehrer würden sie mitleidig anschauen und ihr insgeheim einen Stempel aufdrücken. Zack! Scheidungskind! So wie bei Janina oder Robin. Die beiden behaupteten zwar, dass sie jetzt viel besser zurechtkämen, aber wer's glaubt, wird selig!

Jule erinnerte sich daran, wie sie in der ersten Klasse schnippisch zu ihrer Freundin Paula gesagt hatte, dass Janina und Robin jetzt keine richtige Familie mehr hätten. So etwas würde ihr nie passieren! Aber damals war sie ja auch noch ein Baby gewesen und hatte an den Weihnachtsmann geglaubt.

Die Sonne kam plötzlich heraus. Jule spürte die wohltuende Wärme auf ihren tränennassen Wangen. Wie lange hatte sie in den Dünen gesessen? Sie wusste es nicht. Sand und Salz klebten an ihren Händen. An der Stelle, wo sie sich am Strandhafer geschnitten hatte, brannten ihre Finger. Sie zog die durchnässten Socken aus und warf sie weg. Dann stand sie auf. Sofort pfiff ihr der Wind um die Ohren. Er scheuchte den Sand in hellen Schwaden über den Strand.

Das Rollen der Brandung klang wie ein Echo aus der Ferne, so als hätte jemand die Lautstärke am Fernseher zurückgedreht. Die Ebbe hatte einen nassen Film auf dem Strand hinterlassen. Der Himmel spiegelte sich darin. Liegengebliebene Muscheln formten ulkige Muster und Strandläufer suchten nach Nahrung.

Jule kämpfte sich weiter durch die Dünen Richtung Osten. Hügel um Hügel kletterte sie empor, um dann ins nächste Dünental zu springen. Dort, wo sie landete, rutschte kühler Sand nach und begrub ihre Füße. Sie wusste nicht, wie lange sie schon so durch die Dünen geklettert war, als sie abrupt stehen blieb.

Vor ihr standen zwei Holzfässer. Ein Kescher steckte im Sand. Daneben eine Palette, die zu einem Floß umgebaut worden war. Zwischen die Bretter der unteren Leisten hatte jemand vier kleine Holzfässchen mit grobmaschigem Fischernetz befestigt. Ein umgedrehter weißer Eimer diente als Stuhl, eine kleine Truhe als Tisch. Neben zwei zerbeulten Blechbechern ohne Henkel lag die kleine Kiste. Daneben lehnte eine türkisfarbene Thermosflasche, auf der mit schwarzem Stift der Name EDDA geschrieben stand. Das war Eddas Versteck, klarer Fall!

Jule schaute sich um. „Edda?" Sie wischte sich noch einmal eine Träne von der Wange.

Jule nahm die Thermoskanne, drehte den Verschluss auf und roch an der Flüssigkeit. Dampf stieg ihr entgegen. Tee! Sie goss sich den ganzen Becher voll. Dann schob sie die Ärmel ihres Pullovers wie einen Topflappen über ihre Hände und wärmte sich an dem heißen Gefäß die klammen Finger. Der erste Schluck Tee fühlte sich an, als flösse wärmendes Gold durch ihren Körper. Sie spürte, wie ihre Füße langsam wieder Gefühl bekamen. Sie nahm sich das goldene Ding aus der Kiste und setzte sich auf eins der beiden Holzfässer.

„Edda?", rief sie erneut. Nichts war hier zu hören. Der Gesang des Windes wurde von den Dünen verschluckt. Ohne Edda war dieser Ort ein bisschen unheimlich. Jule fühlte sich plötzlich furchtbar alleine. Früher wusste sie, wer sie war. Aber nun kam sie sich vor, als hätte sie das Mädchen aus Hamburg, das sie bis eben noch gut kannte, aus Versehen am Strand verloren - so wie man einen einzelnen Handschuh aus der Jackentasche verliert.

Jule betrachtete den Goldschatz. Sie drehte das Stück behutsam hin und her, vermied es aber, die Symbole direkt mit den Fingern zu berühren. Erst jetzt bemerkte sie, dass Buchstaben auf der Rückseite eingraviert waren.

„Septem insulis" las sie laut.

Sie schob das goldene Ding in ihre Gesäßtasche und zog ihren Pullover darüber. Sie könnte sich später um die Übersetzung kümmern.

„Hey, da bist du ja!" Edda stand so unvermittelt neben ihr, dass Jule vor Schreck etwas Tee verschüttete.

„Ist dir kalt?", fragte Edda. Sie hatte bemerkt, dass Jule zitterte.

„Geht schon“, meinte Jule und lächelte mühsam.

„Warte mal!“ Edda kramte aus der Truhe ein blaugestreiftes Geschirrhandtuch hervor und wickelte es Jule um den Hals. „Ich wollte dich gerade suchen gehen. Aber du hast mein Versteck ja ganz alleine gefunden.“ Sie füllte sich den anderen Becher voll Tee und setzte sich auf das zweite Holzfass. Dann streckte sie den linken Arm aus und sprach wie ein Zirkusdirektor. „Willkommen bei Robinson Crusoe! Auf dieser unbewohnten Insel gibt es nichts als Kokosnüsse und Kannibalen.“

„Sag mal, hast du ein Handy dabei?“, fragte Jule etwas verlegen. Ihr war jetzt ganz und gar nicht nach Spielen zumute.

„Hast du etwa geweint?“, wollte Edda wissen.

Jule nahm einen Schluck Tee. Jetzt nur nicht vor Edda zugeben, dass sie geheult hatte! „Ich wurde hierher entführt“, log sie daher trotzig. Aber eigentlich stimmte das ja auch! Jedenfalls fühlte es sich genauso an.

Edda schaute ungläubig. Dann schüttelte sie den Kopf. „Quatsch, du hast Ärger zu Hause, stimmt’s?“ Sie holte die Thermoskanne und goss Jule erneut ein. „Ich hab auch ständig Ärger zu Hause“, fuhr sie fort. „Mein Bruder ist echt blöd. Dauernd macht er mir Vorschriften. Wenn’s nach ihm ginge, dürfte ich gar nichts!“ Edda nahm einen großen Schluck Tee. Dann erzählte sie weiter. „Er glaubt, er sei der Chef. Meine Mama kriegt es nicht so gut hin, weißt du.“

„Und was ist mit deinem Papa?“, wollte Jule wissen. Sie hatte sich bisher keine Gedanken über Eddas Zuhause gemacht.

„Mein Papa ist irgendwo da draußen“, sagte Edda in einem unbekümmerten Ton und deutete mit dem dampfenden Becher in der Hand Richtung Meer.

„Dann ist er Kapitän?“

„Nein, er ist tot.“

Jule erschrak. Sie wusste nicht, was sie sagen sollte. Das war doch schrecklich! Aber Edda hatte das so nüchtern gesagt, als machte es ihr gar nichts aus.

Jetzt stellte sich Edda auf das Holzfass und sang: „Der Wind hat mir ein Lied erzählt von einem Glück unsagbar schön.“

Jule kannte das Lied nicht, hatte es noch nie gehört.

Eddas gelber Regenmantel bauschte sich auf wie ein Segel. Es sah aus, als würde ihr der Wind gar nichts ausmachen. Als wäre er ein Freund, den man umarmen konnte. Edda trank aus und benutzte nun den leeren Becher wie ein altes Mikrofon. Sie sang von einem glühenden Herzen und dass der Wind wisse, was ihr fehlen würde.

Plötzlich sprang sie vom Holzfass, warf ihren Becher weg und reichte Jule die Hand. „Komm’“, sagte sie. „Ich zeig dir etwas!“ Sie kramte in der Truhe und holte ein riesiges Fernglas heraus, dessen Tragriemen sie sich um den Hals schlang.

„Wo gehen wir hin?“, fragte Jule überrumpelt.

„Wirst du schon sehen! Komm einfach!“ Edda nahm Jules Hand und zog sie mit sich.

Der Sand am Strand fühlte sich unter Jules Füßen noch herrlich warm an. Doch die vom Wind gescheuchten Sandschwaden prickelten auf der nackten Haut wie tausend Nadeln. Sie rannten direkt auf das Meer zu, das sich inzwischen weit von der Insel zurückgezogen hatte. Je weiter sie dem Meer entgegen rannten, desto kühler und feuchter wurde der Sand.

Strandläufer hüpften mit ihren flinken Beinchen zur Seite und machten Platz für die beiden Abenteurerinnen. Jule musste aufpassen, dass sie mit ihren nackten Füßen nicht auf

Muscheln trat. Dann kam Wasser. Es ging ihr zwar nur bis zu den Knöcheln, doch es war so kalt, dass es Jule kurz den Atem verschlug. „Edda! Wohin?", wollte Jule wissen.

Edda rannte unbeirrt weiter. Das Fernglas baumelte vor ihrem Bauch. Wo sie liefen, spritzte das Wasser auf. Der Meeresboden war hier durch das Spiel der Gezeiten geriffelt. Plötzlich hatten sie trockenen Sand unter den Füßen.

Jule konnte in einiger Entfernung auf der rechten Seite ein weißes Gebäude erkennen. Es hatte eine seltsame Form. Es sah aus wie ein dicker Mann mit Hut, aber ohne Arme. Sie konnte sich keinen Reim darauf machen. „Was ist das denn für ein komischer Turm?", fragte Jule und zog Edda zurück.

„Das ist der Wasserturm von Langeoog. Er ist achteckig. Und langweilig. Komm jetzt!" Edda zog Jule weiter. Jule hatte keine Zeit, darüber nachzudenken, wer auf die Idee kam, einen achteckigen Turm zu bauen.

Noch einmal tauchten die Füße der Kinder knöcheltief ins Meer, als sie eine Art Rinne durchquerten. Jules Hosenbeine hatten das Wasser bereits bis zu den Knien aufgesogen und färbten sich dunkelblau. Edda stoppte plötzlich. „Langsam", sagte sie fordernd.

Nach ein paar weiteren Schritten standen sie wieder auf Sand. Dieses Mal war die Fläche aber viel größer. Jule schätzte sie so groß wie ihren Schulhof. Sie standen auf einer Sandbank.

„Jetzt ganz leise", raunte ihr Edda zu. Sie hielt sich das Fernglas vor die Augen und spähte gezielt in eine Richtung. Jules Kopf folgte dieser Richtung und sie kniff die Augen zusammen. In etwa 20 Metern Entfernung sah sie es.

„Seehunde?"

„Kegelrobben", gab Edda zurück. Sie kniete sich hin. Jule tat es ihr nach.

„Ihr Kopf ist länger als bei Seehunden, wie ein Kegel halt. Und sie werden größer“, erklärte Edda. Sie reichte Jule das Fernglas.

Vorsichtig nahm Jule den Feldstecher und blickte durch die Okulare. Eine kugelrunde Robbe lag auf der Seite wie eine Diva auf einer Chaiselongue. Der gesprenkelte Körper des Tieres glänzte als wäre er eingeölt. Der Bauch war hell vom klebrigen Sand. Genüsslich, wie es schien, legte die Robbe den Kopf zur Seite und zwinkerte mit den Augen. Die Nasenlöcher bewegten sich wie bei einem schnuppernden Hund.

Im Sichtfeld tauchte plötzlich ein Junges auf. Seine Fellfarbe erinnerte Jule an schmutzigen Schnee, denn der weiße Pelz war über und über mit Sand bedeckt. Das Kleine hatte riesengroße schwarze Augen, die sich immer wieder vor Müdigkeit schlossen. Nun gähnte es.

Jules Herz schmolz dahin. Das Robbenbaby sah so niedlich aus! Am liebsten wäre Jule losgelaufen, um es in den Arm zu nehmen.

„Viel zu früh“, flüsterte Edda besorgt.

Jule verstand nicht. „Was meinst du?“ fragte sie, ohne das Fernglas von den Augen zu nehmen.

„Es ist noch gar keine Wurfsaison“, erläuterte Edda. Sie erklärte Jule, dass junge Heuler, wie die Kleinen genannt wurden, manchmal von ihren Müttern getrennt wurden.

Das wühlte Jule auf. Wie konnte so etwas passieren? Wieso war die Welt eigentlich so ungerecht? Die beiden waren doch so niedlich! Jule konnte sich einfach nicht sattsehen.

Edda schubste sie an. „Die Robbe hat Sommersprossen so wie du!“

„Und das Baby“, frotzelte Jule und ließ das Fernglas sinken, „ist so dreckig wie deine Füße.“

Edda grinste und nahm Jule das Fernglas wieder ab. Dann legte sie sich bäuchlings hin und robbte wie ein Soldat im Feld mit dem Fernglas in der Hand weiter vorwärts. Sie stützte die Ellenbogen in den Sand. „Dann nennen wir die Mutter Jule und das Kleine Edda“, meinte sie zufrieden.

Jule hatte sich dicht neben Edda gelegt. Hier liegen Jule und Edda und da drüben auch, dachte sie. Jule rollte sich auf den Rücken und schaute in den Himmel. Sie fühlte sich auf einmal frei. Dunkle Wolken hatten sich aufgetürmt. Dazwischen fächerten Sonnenstrahlen.

„Mein Papa war auf der Nordstern“, sagte Edda unvermittelt und ließ das Fernglas sinken.

Jule überlegte, was das bedeuten sollte.

Edda schaufelte kleine Häufchen Sand auf. „Hamburger Schiff“, erläuterte sie. „Ist vor drei Jahren bei Borkum gesunken.“

Jule schluckte. Sie konnte es sich nicht vorstellen, wie es sein musste, wenn der eigene Vater auf einmal nicht mehr da war. Sie war heute Morgen so wütend auf ihren Papa gewesen, dass sie sich gewünscht hatte, ihn nie wieder zu sehen. Nun schien ihr dieser Gedanke so schlimm, dass sie sich schämte. „Tut mir leid“, war das einzige, was ihr einfiel.

Edda drehte sich ebenfalls auf den Rücken. Der Wind kam jetzt in Böen. Jule wickelte das Geschirrhandtuch fester um ihren Hals.

„Meine Mama isst nichts mehr, was aus dem Meer kommt“, fuhr Edda fort.

Jule spürte einen dicken Kloß im Hals. Sie griff tröstend nach Eddas Hand. Das alles war so unendlich traurig. Sie schaute stumm in den Himmel. Dort, wo die Sonnenstrahlen durchbrachen, sah es aus, als hätte jemand Scheinwerfer angemacht.

„Glaubst du an Gott?“, fragte Edda plötzlich.

„Weiß ich nicht.“

Eine ganze Weile lagen die beiden Mädchen einfach nur schweigend da und schauten den vorbeiziehenden Wolken nach. Jule überlegte, was sie sagen sollte, wenn sie zurück in die Ferienwohnung kam.

Edda setzte sich plötzlich auf. „Ich glaube, wir müssen zurück!“ Ihre Stimme klang besorgt.

Jule klopfte sich den Sand von der feuchten Hose. Sie schaute zurück an den Strand und erschrak. Sie hatte überhaupt nicht gemerkt, dass sie so weit hinaus gelaufen waren. Sie drehte sich zu den Robben um, doch Mutter und Baby waren verschwunden. Das Fleckchen Sand, auf dem die Tiere eben noch gelegen hatten, wurde bereits sachte vom Wasser überspült.

Jule schoss plötzlich die Warnung von dem Fernglas-Mann durch den Kopf: Der Gewalt von Ebbe und Flut muss man mit Ehrfurcht begegnen. Auf keinen Fall darf man alleine dort hinaus.

„Lauf!“, rief Edda gegen den Wind.

Das unsichtbare Kind

Wieder bekam Jule Seitenstechen, aber Edda machte ihr klar, dass sie weiterlaufen müsse. An der Stelle, die vorher nur knöcheltief war, blieb Edda stehen. Jule stellte überrascht fest, dass aus der Rinne ein regelrechter Fluss geworden war.

„Die Priele laufen zuerst voll“, erklärte Edda.

„Können wir da durch?“, fragte Jule und machte Anstalten in den Priel zu springen.

Edda hielt sie fest. „Das Wasser ist schon zu tief, die Strömung zu stark.“ Und mit Nachdruck schrie sie: „Komm’!“ Sie fasste Jule an der Hand und zerrte sie weiter. Sie liefen nun parallel zum Strand. Jule hatte plötzlich Angst. Sie trat auf eine Muschel, schrie auf, fluchte, lief weiter.

„Wir müssen an eine Stelle, wo der Priel nicht so tief ist. Ich weiß wo“, japste Edda. Sie liefen weiter Richtung Westen.

Jule schaute nach rechts. Das Meer war aufgewühlt. Und es kam immer näher.

„Hier!“ Edda blieb stehen. „Du zuerst“, befahl sie.

Jule balancierte am Rand des Priels, dann sprang sie. Das Wasser reichte ihr bis zu den Oberschenkeln. Die Kälte war überwältigend. Die Strömung riss an ihrer Jeans. Sie verlor das Gleichgewicht und kippte um. Über ihr schlug eisiges Wasser zusammen. Ihre Hände suchten Halt, bekamen aber nur rutschigen Boden zu fassen. Jule schluckte Wasser. Ein Schwall aus Salz, Fisch und Schlick ließ sie würgen.

Dann hörte sie, wie jemand ihren Namen rief. Sie versuchte die Kontrolle über ihren Körper wieder zu gewinnen, wurde aber unerbittlich weiter über den Grund gezogen. Es gelang ihr, sich zu drehen. Sie kam auf die Füße und durchstieß prustend die Wasseroberfläche. Jetzt schnell, dachte sie.

Mit aller Kraft machte sie einen Hechtsprung. Sie krallte die Finger am anderen Rand des Priels in den Sand. Eine Muschelschale zerbarst, Blut lief über ihren rechten

Handrücken, aber Jule spürte keinen Schmerz. Vor ihr tauchte plötzlich ein Gesicht auf. Dann wurde sie hochgezogen.

„Jule, Mensch Jule!“ Katja hatte Jule an beiden Armen fest gepackt und zog sie aufs Trockene. Sie ließ sich auf die Knie fallen und drückte Jule an sich.

„Wo ist Edda?“ Jules Stimme war voller Panik. Sie schubste Katja von sich weg. Hinter ihr füllte sich der Priel brodelnd mit Wasser. Jules Herz schlug wie wild. Edda, wo war Edda? Jule lief stolpernd zurück an die Stelle, wo sie glaubte, in den Priel gesprungen zu sein. Doch wie weit war sie weggetrieben worden? Ihr liefen die Tränen übers Gesicht. Ihre Stimme überschlug sich. „Edda, Edda, Edda?“

„Jule, hier ist niemand.“ Katja zog sie vom Priel zurück.

Jule schlug um sich. „Nein! Sie war direkt hinter mir. Sie ertrinkt! Katja, hilf mir doch! Edda!“ Jule fiel verzweifelt auf die Knie. Bitte nicht!, dachte sie.

Katja packte Jules Arme und schüttelte sie. „Komm doch zu dir, Jule! Hier ist sonst niemand.“ Sie wollte Jule in den Arm nehmen, aber Jule riss sich los. Sie rannte in die andere Richtung. Vielleicht wurde Edda weggetrieben! Jule suchte verzweifelt den Priel ab, aber Eddas gelber Regenmantel tauchte nirgendwo auf. Schließlich sank Jule erschöpft auf die Knie.

Katja nahm sie in den Arm und wiegte sie wie ein Baby. „Es ist alles gut. Es ist ja alles gut.“

Jule weinte. Ihr Körper bebte vor Kälte und Erschöpfung. Katja zog sich Jacke und Pullover aus. Teilnahmslos wie eine Puppe ließ Jule sich von Katja den nassen Pulli ausziehen. Katja stülpte ihr die wärmenden Sachen über. „Wir gehen jetzt!“, befahl sie und zwang sich zu einem ruhigen Ton.

Während sie weiterliefen, telefonierte Katja mit Christian, der am anderen Ende der Insel auf der Suche war. „Es ist alles in Ordnung", log sie. „Jule braucht nur ein Bad und eine heiße Suppe. Du kannst schon mal alles vorbereiten!"

...

Ein paar Stunden später wachte Jule auf. Erst wusste sie nicht, wo sie war. Aber dann erinnerte sie sich. Sie tastete nach ihrem Handy. Das blasse Licht des Displays fiel in den Raum. Die Uhr zeigte 04:54 Uhr. Hatte sie das alles nur geträumt? Sie hatte Durst.

Mit dem Handy als Taschenlampe schlich sie auf Zehenspitzen in den Flur. Die Pflaster auf ihren Wunden hatten sich rosa verfärbt. Ihr Fuß schmerzte bei jedem Schritt.

Jule schloss leise die Badezimmertür und machte Licht. In einem Wasserglas standen ihre Zahnbürsten. Sie griff alle drei und schmiss sie ins Waschbecken. Dann drehte sie den Hahn auf, füllte ihr Glas und setzte sich auf den Klodeckel. Auf einem Wäscheständer hingen ihre Sachen.

Die Bilder des gestrigen Tages flogen an ihr vorbei.

Edda auf dem Holzfass.

Edda mit dem Fernglas.

Edda und die Robben.

Edda ganz nah neben ihr.

Edda, Edda, Edda.

Dann der Sprung in das eiskalte Wasser.

Nein, das alles war kein Traum gewesen. Wieder füllten sich Jules Augen mit Tränen. „Ich verstehe das nicht!" Diesen Satz wiederholte sie immer und immer wieder. Sie hatte Edda doch wohl nicht erfunden, oder doch? Was passierte mit ihr? Wurde sie verrückt?

Jule stellte das leere Wasserglas zurück und löschte das

Licht. Sie hatte bereits einen Fuß im Flur, als sie plötzlich stehenblieb. Sie knipste das Licht wieder an. Und mit der plötzlichen Gewissheit, dass sie nicht verrückt war, ging sie zurück ins Bett.

Der Entschluss

„Nein“, schrie Jule am nächsten Morgen. „Ich will nicht nach Hause.“

Als Jules Papa erfahren hatte, dass Jule fast ertrunken wäre, war die Insel für ihn gestorben. Eben hatte er Jules Mama darüber informiert, dass sie abreisen wollten. Nun warteten sie auf Susannes Rückruf, um die Einzelheiten zu besprechen.

Jule war fest entschlossen, sich nicht überreden zu lassen. Ihr Papa knetete unruhig eine Serviette. Katja schwieg und pulte verlegen an der Schale ihres Frühstückseis. Jules Papa stand auf. Er lief um den Tisch, schaute aus dem Fenster, fuhr sich mit der Hand durch die Haare, setzte sich wieder hin und stand erneut auf.

Jule verschränkte die Arme und machte ein trotziges Gesicht. Ihr Handy klingelte. „Hallo Mama ... ja, es geht mir gut... nein, es ist überhaupt nichts passiert“, beschwichtigte Jule ihre Mutter. „Nur mein Pulli ist hin“, gab sie kleinlaut zu. Dann betonte sie jedes Wort einzeln. „Nein, ich möchte nicht nach Hause. Papa will nach Hause... Ja? Ok.“ Und mit den Worten: „Mama will dich jetzt nochmal sprechen!“, reichte Jule das Handy ihrem Vater.

Ihr Papa nahm das Telefon und ging damit in den Nebenraum.

Jule und Katja blieben am Tisch sitzen. Katja pulte weiter an ihrem leeren Ei, Jule malträtierte eine Salatgurke mit ihrem Fingernagel. Keine von beiden sagte ein Wort. Wie zwei Schülerinnen, die bei der Klassenarbeit geschummelt hatten, warteten sie auf ihr Urteil. Katja schielte zu Jule hinüber. Die Schale des Frühstückseis zerbarst unter ihren Fingern.

„Es tut mir leid", sagte Katja und sammelte die Eierschale zusammen.

Jule erwiderte nichts.

Katja versuchte es noch einmal. „Es tut mir leid, Jule. Ich wollte nicht, dass dir etwas passiert."

Jule schaute nicht auf. Sie bearbeitete noch immer mit ihrem Fingernagel die Gurke. In die grüne Schale hatte sie deutlich die Buchstaben E D D geritzt. Ich will das nicht hören, dachte Jule und schnitzte mit dem Daumennagel das fehlende A in die Schale.

Katja stand auf und stapelte mechanisch Tassen und Teller aufeinander. An Jules Platz blieb sie stehen und betrachtete stirnrunzelnd das Gemüse. Jule biss blitzschnell ein Stück von der Gurke ab. Katja schüttelte den Kopf und verschwand in der Küche.

Nach einer gefühlten Ewigkeit kam Jules Papa zurück. Er sah müde aus. „Deine Mutter hat noch zwei Tage Spätschicht", erklärte er. „Danach wird sie sich frei nehmen. Solange bleiben wir hier. Aber du musst versprechen, nicht wieder wegzulaufen." Damit endete seine Erklärung.

Jule seufzte erleichtert. „Versprochen, Papa." Dann gab sie ihrem Vater einen Kuss, schnappte sich ihr Handy und schlüpfte in ihr Zimmer.

Jule warf sich aufs Bett und starrte an die Decke. Sie wusste nicht, was es mit Edda auf sich hatte. Aber sie spürte mit jeder Faser ihres Körpers, dass etwas mit ihr geschehen war. Seit sie die Insel betreten hatte, waren merkwürdige Dinge passiert:

Erst die Schwindelanfälle!

Dann der Goldschatz!

Und jetzt Edda, die spurlos verschwunden war.

Jule war davon überzeugt, dass Edda sie dort draußen niemals absichtlich im Stich gelassen hätte! Auf jeden Fall war Edda nicht ertrunken, beruhigte sich Jule, denn davon hätten sie auf der kleinen Insel bestimmt sofort gehört. Und wenn das Meer entschieden hatte, Edda nicht wieder frei zu geben - so wie Tjark Evers? Jule fröstelte bei dem Gedanken. Aber dann hätte es bestimmt einen Suchtrupp oder so etwas ähnliches gegeben.

Jule starrte auf das blaukarierte Handtuch, das sie von Edda bekommen hatte. Sie hatte es nachts vom Wäscheständer gezogen.

In der anderen Hand hielt sie den Schatz. Beides waren sichere Beweise dafür, dass es Edda wirklich gab, dass Jule alle diese seltsamen Dinge wirklich erlebt hatte! Sie polierte das goldene Ding mit dem Handtuch. Wofür man diesen merkwürdigen Zeiger gebrauchen konnte, hatte sie bisher nicht herausfinden können. Aber was die glänzenden Buchstaben bedeuteten, hatte das Internet für sie übersetzt: „Sieben Inseln" - soviel wusste sie inzwischen. Ob es etwas mit den sieben ostfriesischen Inseln zu tun hatte? Sie würde auf jeden Fall eine Zeichnung von dem Ding anfertigen. Diese ganze unheimliche Sache in den Dünen blieb ein Rätsel.

Jule hatte versprechen müssen, den Strand nur noch in Begleitung zu betreten. Aber sie musste der Sache auf den Grund gehen! Und zwar allein. Sie fasste einen Entschluss. Sie würde auf eigene Faust versuchen, Edda zu finden und das Rätsel um das goldene Ding zu lösen!

Jule rieb den groben Stoff des Handtuchs zwischen Daumen und Zeigefinger, rollte ihn zusammen und dann wieder auseinander. Auf den Aufhänger hatte jemand mit rotem Garn einen Namenszug gestickt. An einigen Stellen hatte sich der Faden gelöst, doch man konnte deutlich die geschwungenen Buchstaben vom Restaurant *Der Butt* erkennen.

Jetzt wusste sie, wen sie fragen konnte! Sie stopfte die beiden Sachen in ihren Airpaq aus recycelter LKW-Plane.

„Papa?", rief sie in den Flur hinein. „Gehen wir in den Butt?"

Ihr Papa wunderte sich über diese Frage, aber dann sagte er erleichtert: „Na, du scheinst ja wieder einen gesunden Appetit zu haben!"

Noch mehr Spukgeschichten

Im Butt waren zu dieser Tageszeit nur wenige Gäste. Jule orderte Pommes rot-weiß. Katja bestellte einen leichten Salat und ihr Papa freute sich über den Fang des Tages.

Jule musste es irgendwie schaffen, mit Francesco alleine zu sprechen. Während sie auf das Essen warteten, gab sie vor, zur Toilette zu müssen. Aber anstatt durch die Schwingtür mit dem Bullauge zu gehen, blieb sie am Tresen stehen.

Francesco polierte Gläser. Jule kletterte auf einen der dick gepolsterten Barhocker und legte die Ellbogen auf den Tresen.

„Signorina, was kann ich noch für dich tun?“, wunderte sich Francesco.

„Ich ... hätte gerne noch einen Apfelsaft“, improvisierte Jule.

„Einmal succo di mela, kommt sofort!“

Francesco bückte sich hinunter zum Kühlfach mit den Getränken. Das nutzte Jule, um so beiläufig wie möglich zu fragen: „Kennst du eigentlich alle Leute auf der Insel?“

Francescos Kopf tauchte wieder hinter dem Tresen auf. Er öffnete die Flasche. „Ich bin nicht das ganze Jahr hier“, erläuterte er. „Eigentlich studiere ich nämlich Mathematik an der Svizzera italiana.“ Er sagte das mit einem gewissen Stolz in der Stimme. „Als einer der jüngsten“, ergänzte er und grinste. „Aber jetzt sind Semesterferien, ich besuche hier meinen Großvater und ich verdiene mir ein wenig dazu.“

Und während er den Apfelsaft eingoss, beschrieb er das Leben auf der Insel. „Normalerweise wohnen nur ein paar hundert Leute hier, jeder kennt jeden, keiner schließt hier seine Haustür ab. Willst du zu Besuch, gehst du einfach rein und rufst >Moin<. Aber in den Ferien, da platzt die Insel auseinander. Ist ja dann normal.“ Und damit endete sein kurzer Vortrag.

Jule nahm ihren Mut zusammen und fragte direkt nach Edda.

Francesco schüttelte den Kopf. „Edda kenne ich nicht.“

„Hä?“ Jule schaute ihn ungläubig an. „Aber sie kennt dich doch. Du hast ihr doch auch vom Tramonti erzählt“, versuchte sie seine Erinnerung aufzufrischen.

Francesco runzelte die Stirn. „Tramontana“, verbesserte er und hob dabei den Zeigefinger. Er steckte einen pinkfarbenen

Papierschirm zur Dekoration in Jules Apfelsaft. „Wo wohnt denn deine Edda?"

„Das weiß ich leider nicht", gab Jule zu. „Ich habe sie am Strand getroffen. Sie hat mir Kegelrobben gezeigt."

„Frag am besten mio nonno", sagte er und steckte noch einen rot gestreiften Strohhalm in Jules Getränk.

Jule verstand die letzten Worte nicht. Sie runzelte die Stirn.

Francesco lächelte. „Meinen Großvater", erklärte er.

„Und wo finde ich mio nonno?", wiederholte sie Francescos Worte.

Aus der Küche erklang ein Gong und drei Teller wurden in die Durchreiche geschoben.

„Komm um sechs wieder. Dann trinkt er sein Glas Wein", sagte Francesco.

Jule hüpfte vom Barhocker und nahm sich ihren Apfelsaft. Sie hatte so sehr gehofft, dass Francesco ihr helfen könnte, mehr über Edda zu erfahren. Aber der balancierte nun die Teller zu ihrem Tisch.

Christian und Katja schauten sich verwundert an. Als der junge Mann den Tisch verlassen hatte, konnte ihr Papa es nicht mehr aushalten. „Wie ich sehe, hast du einen neuen Freund gefunden."

Jule wurde rot. Sie drehte verlegen an ihrem Strohhalm. „Stimmt doch gar nicht", gab sie flapsig zurück. Aber sie lächelte dabei über das ganze Gesicht und spießte vier Pommes gleichzeitig mit der Gabel auf.

Wie soll ich Papa klarmachen, dass ich um sechs noch einmal in den Butt muss?, fragte sie sich, während sie Saft durch den Strohhalm sog. Aber ihr würde schon etwas einfallen. Ungeduldig schaute Jule auf ihr Handy. 13:04 Uhr. Noch fünf Stunden.

Der Butt füllte sich langsam. Touristen mit schlickverschmierten Gummistiefeln, Wattwanderer mit roten Wangen, Familien mit Kindern in grellbunten Jacken, Vogelkundler mit Feldstechern vorm Bauch und Einheimische machten sich lachend und plaudernd an den Tischen breit.

„Wie wäre es jetzt mit einem Verdauungsspaziergang?“, schlug Katja vor. Sie erzählte Christian und Jule vom einsamen Dünengrab des Jan de Boer, einem Kapitän, der die Insulaner einst mit dem Ausruf „Auf so einem elenden Sandhaufen möchte er nicht einmal begraben sein,“ verwünschte. Kurz darauf sei er gestorben.

„Damals“, so erklärte Katja, „glaubten die Insulaner, er sei von Gott bestraft worden. Aber heute vermutet man, dass es die Cholera war.“ Sie rückte ihren Stuhl vom Tisch. „Eine Wanderung dorthin ist ein ganz passabler Spaziergang. Und auf dem Weg erzähle ich gerne noch die Geschichte vom Untergang der Capella.“

„Noch mehr Spukgeschichten?“ Jules Papa verdrehte die Augen. „Ernsthaft?“

„Ich bin hier schließlich die Reiseleitung!“, erklärte Katja und grinste. „Auf geht’s!“

Die drei brachen auf.

Während der ganzen Zeit erzählte Katja Geschichten. Sie machte das sehr gut, wie Jule fand. Selbst ihr Papa, der sich für diesen Spökenkram, wie die Ostfriesen es nannten, nicht interessierte, fand Katjas Geschichten unheimlich.

Immer wieder schaute Katja mit Sorgenfalten auf der Stirn zu Jule. Nach 40 Minuten Spaziergang beendete sie ihre Erzählung mit den Worten: „Das Wrack liegt noch heute auf Norderney. Wir können ja mal hin.“

Jule dachte an Eddas Papa, der mit der Nordstern untergegangen war. „Katja, hast du schon mal was von der Nordstern gehört?“

„Nordstern? Was soll das sein?“

„Das Schiff ist vor drei Jahren vor Borkum gesunken“, erklärte Jule.

Aber Katja schüttelte den Kopf. „Noch nie gehört. Wer hat dir denn davon erzählt?“

„Ach, hat Francesco erzählt“, log Jule.

Sie musste sich etwas einfallen lassen, um noch einmal in den Butt zu kommen. Vielleicht war die Wahrheit am überzeugendsten. „Francesco hat mir auch von seinem Opa erzählt. Können wir später noch einmal in den Butt?“

Jules Papa und Katja tauschten überraschte Blicke.

„Sein Opa will mir Geschichten von der Insel erzählen. Bitte, Papa.“

„Ich komme mit!“, erklärte Christian.

Jule seufzte. Es blieb ihr wohl nichts anderes übrig. Ihr Papa wollte sie nach dem gestrigen Tag offensichtlich nicht mehr aus den Augen lassen.

Der doppelte Francesco

Jule stopfte ihre Zeichensachen in den Rucksack. Man wusste nie, ob sich nicht ein gutes Motiv finden würde. Aber vielleicht würde sie sich auch Notizen machen müssen.

Sie überlegte, wie sie später im Butt am besten nach Edda

fragen konnte. Sie wusste ja noch nicht einmal ihren Nachnamen.

Sie ließ sich auf ihr Bett fallen. Auf dem Nachttisch lag ihr Handy am Ladekabel. 17:08 Uhr. Sie hatte noch eine gute halbe Stunde.

Sie öffnete das Internet und die Suchmaschine und gab das Wort Nordstern ein. Es floppte alles Mögliche auf: Historisches Territorium, schwedische Gemeinde, Arbeits-Erziehungs-Lager bei Kiel, Deckname für ein Unternehmen der deutschen Kriegsmarine, Geschäft in Hamburg, drei Familiennamen. Das war's. Nichts von einem gesunkenen Schiff.

Hatte Edda sie etwa angelogen? Jule versuchte es erneut mit den Worten Nordstern SCHIFF. Doch alles, was sie erhielt, waren Hinweise auf die deutsche Kriegsmarine. Das machte alles überhaupt keinen Sinn. Sie stöpselte ihr Handy vom Kabel und stopfte es ebenfalls in ihren Rucksack.

Was, wenn sie Edda nun nicht finden würde? Sollte sie vielleicht einmal mit Paula telefonieren? Jule seufzte.

Paula war bis vor zwei Jahren ihre beste Freundin gewesen. Sie erinnerte Jule ein wenig an Edda. Die kurzen Haare, die offene Art. Aber seit Paula mit ihren Eltern nach England gezogen war, hatte sie nach und nach den Kontakt zu ihr verloren. Am Anfang hatten sie noch geskypt, aber es war einfach nicht dasselbe, wenn man nur über den Bildschirm sprechen konnte. Man konnte keine Übernachtungsbesuche machen, keine Kissenschlachten veranstalten oder gemeinsam Chips aus einer Tüte essen.

In den letzten zwei Jahren hatte sich Jules Leben komplett auf den Kopf gestellt. Ihre beste Freundin war weit weg, Jule musste inzwischen zweimal umziehen und die Schule wechseln. Papa und Mama waren nicht mehr zusammen. Und die einzige Freundin, die echt cool gewesen war, war Katja. Es war einfach nicht fair!

Wieder musste Jule an Edda denken. Edda hatte schließlich ihren Papa verloren, ihre Mama war verrückt, ihr Bruder nervte sie. Und doch wirkte Edda überhaupt nicht traurig. Wie ist es möglich, noch zu singen, zu lachen oder sich um eine Möwe zu kümmern, wenn man so viel Mist erfahren hatte?, fragte sich Jule

„Jule“, rief ihr Papa. „Möchtest du immer noch in den Butt?“

Jule sprang vom Bett. Auf keinen Fall wollte sie Francescos Opa verpassen. „Komme“, rief sie und schob ihre letzten Gedanken beiseite.

Als Jule mit ihrem Papa am Butt eintraf, senkte sich die Sonne langsam und tauchte alles in ein goldenes Oktoberlicht. Es war angenehm mild. Der Wind hatte nachgelassen.

Noch war es ruhig. Erst in einer Stunde würde das Restaurant wieder im stündlichen Takt der Besucherströme pulsieren wie ein Herzmuskel.

Jule erkannte Francescos Opa schon von weitem. Trotz seines Alters, waren seine dunklen Haare nur an den Schläfen grau. Die Ähnlichkeit war verblüffend. Der Mann, der dort vor dem Haus im Abendrot saß, sah aus, als hätte man Francesco mit einer Smartphone-Aging-App bearbeitet.

Über dem blaurot karierten Hemd trug der Opa eine graue Strickjacke. Er saß auf einer niedrigen Bank, hatte die Beine übereinander geschlagen, die Hände vor dem Bauch verschränkt und lächelte. Wie ein treues Hündchen, das seinen Herrn stets begleitete, lehnte ein Gehstock neben ihm an der Wand. Der gerundete Holzgriff war blank gerieben. Auf dem Bistro-Tischchen, das man ihm offenbar extra dort hingestellt hatte, wartete ein leeres Glas darauf gefüllt zu werden.

Noch während Jule überlegte, wie sie ihn am besten ansprechen konnte, kam Francesco mit einer Flasche Wein aus der geöffneten Tür. Er legte seinem Großvater eine Hand auf die Schulter und sagte etwas. Der Opa nickte und Francesco schenkte ihm ein. Ohne auf ihren Vater zu warten, lief Jule los.

„Buona sera, junge Dame“, begrüßte Francesco sie. Und zu seinem Opa: „Nonno, questa é la ragazza.“

Der Opa runzelte die Stirn.

„Ti ho parlato di lei“, erläuterte Francesco.

Der Opa setzte sich ein wenig auf, um Jule anzuschauen. „Si, si, la ragazza.”

Jule hatte kein Wort verstanden.

Ihr Papa war ihr mit eiligen Schritten gefolgt. Nun staunte er nicht schlecht über die Kontaktfreudigkeit seiner Tochter. Er stellte sich und Jule höflich vor.

Francesco deutete an, dass er zurück an die Arbeit müsse. „Setzen Sie sich ruhig“, meinte er und schob für die beiden Gäste zwei Stühle heran „Dieser Francesco hier“, und er zeigte auf seinen Großvater, „freut sich über ihre Gesellschaft. Nicht wahr, nonno?“

Jule war irritiert. Hä? Hatte Francesco seinen Opa gerade auch Francesco genannt?

„Was darf ich Ihnen zu trinken bringen?“, fragte Francesco, der jüngere.

Jule erinnerte sich an das italienische Wort für Apfelsaft. „Succo di mela, bitte!“ Dabei strahlte sie stolz.

Opa Francesco nickte. „Brava“, lobte er.

Jules Papa kam aus dem Staunen nicht heraus. „Für mich bitte nur ein Glas Wasser“, sagte er lächelnd.

Opa Francesco schüttelte den Kopf. Er winkte seinen Enkel zurück und deutete auf die Weinflasche, die Francesco noch immer in der Hand hielt. „La bottiglia e un altro bicchiere."

Francesco stellte die Flasche mit einer entschuldigenden Geste auf dem kleinen Tischchen ab. Kurz darauf brachte er ein weiteres Weinglas. Opa Francesco ließ es sich nicht nehmen, dieses selbst mit Wein zu füllen. Seine braungebrannten Hände zitterten dabei ein wenig. Dann brachte Francesco ein weiteres Weinglas mit Jules Apfelsaft.

„Mein Enkel hat mir schon von dir erzählt, kleine Dame", sagte der Opa. Dann hob er sein Glas. „Salute!"

Sie stießen mit Wein und Apfelsaft an.

„Heißt du etwa auch Francesco?", fragte Jule ohne Umschweife.

Der Opa lächelte. „Francesco Matteo Andrea", antwortete er, wobei er die letzteren beiden Namen betonte. „Nach meinem Vater und Opa." Und damit nahm er einen weiteren Schluck Rotwein.

„Dann wurde unser Francesco nach Ihnen benannt", stellte Jules Papa fest. „Ich wusste doch, dass in Italien mehr Wert auf Familientradition gelegt wird als in Deutschland."

Opa Francesco nickte. Die Fältchen an seinen Augen hatten helle Stellen, wo die Sonne die Haut nicht gebräunt hatte. Jule staunte noch immer über die Ähnlichkeit zwischen ihm und seinem Enkel. Sie fragte sich, ob Opa Francesco in jungen Jahren genauso gut ausgesehen hatte wie sein Enkel jetzt.

Und plötzlich fiel ihr das Bild mit den jungen Männern am Strand wieder ein. Sechs Augenpaare, die mutig und stolz in die Kamera blickten. Sechs junge Männer, die aussahen, als könnten sie die Welt erobern.

Ihr Papa und Opa Francesco verstanden sich auf Anhieb. Jule schaute etwas säuerlich drein, denn Opa Francesco und ihr Papa hatten ein lebhaftes Gespräch begonnen. Jule wollte unbedingt nach Edda fragen, aber ihr Vater und der alte Herr wurden mit jedem weiteren „Salute“ redseliger.

Der Opa erzählte, wie er als junger Mann nach Deutschland und später auf die Insel gekommen war. „Ich hätte genauso gut auf dem Mond landen können!“, erinnerte er sich. „Nicht einmal unsere Esel sind so stur, wie die Leute hier“, scherzte er und lachte.

Zwei Gläser wurden erneut gehoben. „Salute.“ Dann erzählte er, wie er das Herz einer gewissen jungen Dame als freiwilliger Rettungsschwimmer erobert hatte.

Bei Jule machte es Klick. Der junge Mann auf dem alten Foto war also tatsächlich dieser Francesco hier.

Er strahlte. „Seit über 50 Jahren lebe ich hier. Aber glaube nicht, dass ich damit ein waschechter Ostfriese geworden bin. Ich bin und bleibe Italiener.“ Kling „Salute.“

Er war nicht zu stoppen. Nun erzählte er, wie sehr ihm noch immer das italienische Essen fehle, und dass die holländischen Tomaten eine Beleidigung für den Gaumen seien. Und dann ging es weiter mit dem Blau des Mittelmeeres und den Namen des Windes.

Und Jule dämmerte plötzlich, warum Edda gesagt hatte, Francesco sei zu alt. Während Jule den jungen Kellner im Sinn hatte, meinte Edda offensichtlich dessen Großvater. Woher hätte Jule denn wissen sollen, dass es einen doppelten Francesco auf der Insel gab?

Wahrscheinlich hatten sich bereits Generationen von Urlaubern die Aufzählung der Winde anhören müssen.

Ganz bestimmt hatte der Opa auch seinem Enkel die Namen des Windes beigebracht.

Inzwischen hatte Jule ein Stück Apfelkuchen und einen weiteren Saft bekommen. Es war dunkel geworden. Francesco, der jüngere, zündete den Dreien einen gasbetriebenen Heizpilz an, der aussah wie eine alte Straßenlaterne. Die bläuliche Flamme verbreitete eine angenehme Wärme und tauchte die Umgebung in ein unwirkliches Licht.

Der Butt hatte sich längst mit Gästen gefüllt. Jules Papa schlug vor, auch das Abendessen im Butt einzunehmen. Er rief Katja an, um ihr diesen Vorschlag zu unterbreiten. Er entschuldigte sich bei Opa Francesco und ging ein paar Schritte um die Ecke.

„Und du?“, fragte Francesco Matteo Andrea. „Wie gefällt es dir hier?“

Endlich, dachte Jule! „Es ist toll hier. Wir waren schon reiten und ich mag das Meer! Ich habe Kegelrobben gesehen.“

Opa Francesco nickte anerkennend.

Jule schielte zu ihrem Vater hinüber und überlegte, wie sie das Gespräch schnell auf Edda bringen könnte. „Weißt du etwas vom Unglück der Nordstern? Darüber habe ich mal etwas gelesen“, log sie.

Francesco drehte den Namen des Schiffes im Kopf hin und her wie ein Stück Treibholz, das es zu begutachten galt. „Ja, ich erinnere mich an das Unglück“, sagte er nickend. „Das Schiff ist damals so schnell gesunken, dass es nur einen verstümmelten Notruf gab. Alle sechs Seeleute sind dabei ertrunken. Schlimm, sehr schlimm.“

Jule war aufgeregt. Edda hatte also doch nicht gelogen. Es hatte also ein Schiff namens Nordstern gegeben und es war vor Borkum gesunken!

Opa Francesco rieb sich mit beiden Händen die Knie. Er stöhnte leise. „Arthrose“, sagte er knapp.

Jules Papa telefonierte noch immer.

Jule gab sich einen Schubs. „Dann kennst du sicher auch Edda? Ich suche sie, aber ich weiß nicht, wo sie wohnt.“

Der Opa schüttelte den Kopf. „Edda?“, murmelte er nachdenklich.

„Eddas Papa war auf der Nordstern. Sie trägt immer einen gelben Regenmantel. Und sie hat ein selbstgebautes Floß“, erklärte Jule ungeduldig, „und einen Bruder“, ergänzte sie.

Für einen Moment dachte Jule, dass Opa Francesco wieder das Knie schmerzte, denn sein Gesicht verzerrte sich. Aber dann merkte sie, dass es etwas anderes war.

Ohne es zu wissen, hatte Jule eine verbotene Tür geöffnet. Mit der Erwähnung von Edda im gelben Regenmantel hatte sie im dunklen Keller seiner Erinnerung eine Kerze entzündet. Und nun fiel das spärliche Licht auf ein Stück Vergangenheit, das mit Absicht zum Vergessen in eine Ecke gestellt worden war.

Das Gesicht des Opas wurde fahl, seine Augen wurden eng. Er griff nach seinem Gehstock. „Was soll das?“, stotterte er. „Hat *er* dich geschickt?“

Er stand auf, wobei er sich auf seinen Stock lehnen musste. Jule wollte ihm helfen, aber der alte Mann wehrte sie grob ab. „Hat *er* dich geschickt?“, wiederholte er.

Jules Papa kam zurück. Er eilte dem Opa zu Hilfe.

Opa Francesco schlug wild mit seinem Stock um sich. „Menzogna!“, schrie er.

Jule hatte sich so sehr erschreckt, dass sie anfing zu weinen. Ihr Papa sprang zurück und stellte sich schützend vor sie. „Kann ich etwas für Sie tun? Bitte beruhigen Sie sich doch“, versuchte er den alten Mann zu besänftigen.

Jule klammerte sich wie ein Äffchen an den Arm ihres Vaters. Sie zitterte. Was hatte sie denn getan? Sie hatte doch nur nach Edda gefragt.

Opa Francesco hob drohend seinen Stock. „Was glaubst du, wer du bist?“, schrie er Jule an. „Kommst hier her und stocherst in der Vergangenheit herum wie in einem Ameisenhaufen. Lasciami!“

Wie zwei verschreckte Hühner zogen Christian und Jule die Köpfe ein.

Der junge Francesco stürzte aus der Tür. Er schaute besorgt.

Das ist nicht der erste Wutausbruch seines Opas, dachte Jule.

„Nonno, per favore, calmati!“ Francesco legte seine Hände auf die Schultern seines Opas.

Mit einem Ruck löste der sich. „Lascia stare i morti!“, schrie er und knallte seinen Stock auf das Tischchen.

Die leere Weinflasche fiel um, rollte über die Tischkante und zerbarst klirrend auf dem Boden. Jule zuckte zusammen. Opa Francesco schob sich am Heizpilz vorbei und stampfte Richtung Westen davon. Sein Stock hämmerte mit energischen Schlägen auf das Straßenpflaster.

Francesco entschuldigte sich tausendmal. Aber Jule hatte weiche Knie. Noch immer klammerte sie sich an den Arm ihres Papas. Der strich ihr beruhigend mit der freien Hand über den Kopf. Dann machte er verlegen Anstalten die Rechnung zu begleichen, aber Francesco winkte ab. „Das hat Zeit bis morgen“, gab er zurück und sammelte vorsichtig die Splitter der Weinflasche zusammen.

„Ich habe nichts gemacht!“, verteidigte sich Jule weinend.

„Mach dir mal keine Sorgen“, versuchte Francesco Jule zu

beruhigen. „Aber am besten gehen Sie jetzt“, forderte er ihren Papa freundlich, aber unmissverständlich auf.

„Komm’“, sagte Christian und schob Jule sanft vor sich her. Dann drehte er sich noch einmal um. „Was hat er denn damit gemeint?“, fragte er Francesco, der seinem Opa besorgt hinterher schaute.

Francesco seufzte. „Lass die Toten ruhen“, entgegnete er und ließ die Scherben der Flasche in seine aufgehaltene Schürze fallen.

Am Rande der Wahrheit

Jule lief an der Hand ihres Vaters wie ein weinendes Kleinkind. Sie war gescheitert. Nichts hatte sie über Edda erfahren! Im Gegenteil. Es war alles noch viel schlimmer geworden.

Katja kam ihnen entgegen. Sie sah die beiden besorgt an. Ihre Schritte wurden schneller. „Was ist denn los?“, wollte sie von Christian wissen, doch der schüttelte nur den Kopf.

Zurück in der Wohnung versuchte Jule zu erzählen, was passiert war. Dabei verschwieg sie allerdings, dass sie den alten Francesco nach Edda gefragt hatte.

Katja, die sich alles angehört hatte, runzelte die Stirn. Sie deutete Christian, dass sie ihn kurz alleine sprechen wollte. Die beiden verschwanden in der Küche, ließen aber die Tür angelehnt.

Katja glaubte Jule offensichtlich kein Wort. Was hatte sie ihrem Papa jetzt zu erzählen? Jule hielt die Ungewissheit nicht aus. Sie schlich vorsichtig in den Flur, blieb neben der angelehnten Küchentür stehen und lauschte.

„Womit hat Jule ihn derartig provozieren können? Ich kenne den alten Francesco seit meiner Kindheit. Das sieht ihm nicht ähnlich“, hörte sie Katja mit gepresster Stimme sagen.

Gläser wurden mit Wasser gefüllt.

„Er war eigentlich sehr nett“, flüsterte ihr Papa. „Und dann ist er urplötzlich explodiert. Vielleicht tickt der Alte ja nicht ganz richtig.“

„Christian, ich weiß, das klingt jetzt vielleicht blöd, aber hat Jule dich schon öfter angelogen?“

Es entstand eine Pause, in der Jule kaum wagte zu atmen. Ihr Herz raste.

„Was meinst du denn damit? Was heißt denn hier öfter? Jule hat mich noch nie angelogen.“ Ihr Papa klang gereizt.

Pause.

Die Tür flog plötzlich auf. Katja schaute sie eindringlich an.

„Ich hab meinen Rucksack liegen lassen“, sagte Jule und hoffte, dass ihr Lauschen nicht bemerkt worden war.

„Ich hole ihn“, sagte Katja nachdenklich. „Vielleicht kann ich noch irgendetwas herausfinden“, flüsterte sie Christian zu.

Jules Papa bugsierte seine Tochter auf das übergroße Sofa im Wohnzimmer und wickelte sie in eine grau melierte Decke.

„Ältere Menschen sind manchmal etwas merkwürdig“, versuchte er Jule zu erklären. „Sie reagieren auf alte Geschichten oft komisch.“

Jule schaute wenig überzeugt.

„Wie wäre es denn jetzt mit Spaghetti?“, versuchte er sie aufzumuntern.

„Spaghetti wären prima.“

Ihr Papa stupste Jule mit dem Zeigefinger auf die Nase. Das machte er immer, wenn er seine Tochter trösten wollte. Dann verschwand er in der Küche.

Jule erholte sich langsam von ihrem Schrecken. Immer wieder überlegte sie, was sie gesagt hatte. Sie hatte nach der Nordstern gefragt. Aber das allein war es nicht, was den Opa so aufgeregt hatte. Erst als die Sprache auf Edda kam, war der Opa so auf die Palme gegangen.

Und dann war da noch etwas, das überhaupt keinen Sinn ergab. Opa Francesco hatte sie gefragt, ob *er* sie geschickt habe. Aber sie war doch nur ein kleines Mädchen! Sie kannte doch niemanden auf der Insel. Was hatte der Opa nur gemeint? Wer war *er*? Und warum sollte dieser Unbekannte sie geschickt haben?

Die Gedanken in Jules Kopf drehten sich wie ein Karussell. War der alte Italiener vielleicht tatsächlich einfach nur verrückt? So etwas kam bei alten Menschen ja öfter vor, wie Jule gehört hatte. Auf der anderen Seite hatten alte Leute viel erlebt und wussten oft noch Dinge, von denen die jüngeren keine Ahnung hatten. Ihre Oma jedenfalls war besser als jedes Geschichtsbuch. Natürlich! Warum war sie nicht gleich darauf gekommen? Oma Gerda aus dem Bäckerladen! Sie war steinalt und kannte alle Leute auf der Insel! Und sie war mit Sicherheit nicht verrückt. Gleich morgen würde sie zu ihr gehen. Jule wickelte sich fester in die Decke und schloss kurz die Augen.

Jule stand am Meer. Sie schaute hinaus auf die Sandbank. Dort stand Edda und winkte ihr zu. Ihr gelber Regenmantel leuchtete hell. Jule lief los, aber da war der Priel. Das Wasser gurgelte schäumend. Sie rannte am Priel auf und ab. Dann nahm sie Anlauf. Sie sprang. Ihre Füße hoben vom Boden ab.

Sie flog. Unter sich sah sie das Meer. Ein leuchtend gelber Punkt schwankte darauf wie ein kleines Boot. Eine Möwe tauchte neben ihr auf. Jule fühlte sich frei. Der Wind war ihr Freund. Er hob sie hoch. Sie war jetzt eins mit allem. Es gab keine Grenzen mehr. Doch dann wurde sie von einer Böe erfasst. Ihre Arme wurden schwer. Sie verlor das Gleichgewicht. Sie fiel, trudelte durch die Luft. Das Wasser kam näher. Sie hörte wie jemand schrie: „Hat er dich geschickt?“ Es dröhnte in ihren Ohren. Sie fiel und fiel. Dann schlug ihr Körper auf das eiskalte Wasser auf.

Ruckartig erwachte Jule. Sie hatte den Aufschlag deutlich gespürt. Sie lag noch immer auf dem Sofa. Es war dunkel. Auf dem Tisch vor ihr flackerte lediglich ein Teelicht im Glas. Sie hörte leise Stimmen aus dem Schlafzimmer. Im schwachen Schein der Kerze kam sie sich auf dem Sofa vor wie auf einer einsamen Insel. Um sie herum ein Meer aus Dunkelheit. Nur die helle Mondsichel zerschnitt den nachtschwarzen Himmel.

Sie schlich mit der Kerze in den Flur und horchte vorsichtig an der Schlafzimmertür. Jule konnte Katjas Stimme erkennen, die behutsam auf ihren Vater einredete. Erzählte sie ihrem Papa gerade von Edda - einem Kind, das es in Katjas Augen nicht gab? Oder hatte Katja nur Angst um die Hochzeitspläne, jetzt, wo Jule auf Baltrum fast ertrunken wäre?

Jule schlich weiter und stieß mit ihrem Fuß gegen den Rucksack, der unter der Garderobe lag. Sie hob ihn vorsichtig auf und tapste leise in ihr Zimmer. Der ganze Abend war ein kompletter Misserfolg. Aber eins stand fest: Sie würde so schnell nicht aufgeben. Morgen würde sich bestimmt alles aufklären!

Pfefferminz

Der Wind hatte gedreht. Er kam jetzt aus Südwest und hatte wieder zugenommen. Fern am Horizont schimmerten winzige Lichter von Frachtern und Containerschiffen auf ihren Routen nach Hamburg, Cuxhaven oder Lübeck.

Im Osten erschien ein winziger Punkt am Himmel. Er näherte sich schnell der Insel. Ein rot-grünes Positionslicht blinkte. Der weiße Kegel eines Scheinwerfers glitt durch die Nacht. Dann fegte das Objekt über die Insel hinweg Richtung Hafen.

Im Innern des Helikopters hämmerte Doktor Baum mit den Zeigefingern auf der Tastatur seines Laptops herum. Neben ihm saß Luis und kaute auf einem Pfefferminzbonbon.

„Hast du jemals eine andere Sorte ausprobiert?", fragte Baum über das Mikrophon seines Headsets.

Luis grinste. „Ich mag Pfefferminz."

„Ja, schon klar, aber wie ist es mit Erdbeergeschmack oder Zitrone?"

Luis legte den Kopf schief und schaute aus dem Fenster. Doktor Baum klappte sein Laptop mit einem lauten Seufzer zu.

„Es macht keinen Unterschied", erklärte Luis und schaute Baum an. „Mein Verstand arbeitet besser, wenn ich Bonbons zerkaue. Der Geschmack ist eigentlich egal."

Doktor Baum sah ihn an, als hätte er nicht richtig verstanden. „Sag das nochmal!"

„Der Geschmack ist …"

„Nein, das meine ich nicht“, fuhr Doktor Baum dazwischen. „Du hast gesagt, es macht keinen Unterschied.“

„Ich weiß nicht, auf was Sie hinaus wollen, aber ja: Ich kaue Bonbons. Die Geschmacks-Variationen sind irrelevant.“

„Das ist es!“, schrie Doktor Baum.

Luis starrte Doktor Baum verständnislos an.

„Verstehst du denn nicht, Luis? Die Variationen sind irrelevant. Es kommt immer aufs Gleiche hinaus! Du kaust Bonbons!“

„Ich verstehe nicht, was daran so umwerfend sein soll.“

Doktor Baum gab Luis einen Kuss auf die Wange und lachte. „Das ist mehr als umwerfend, mein Junge! Wir haben eine Menge zu tun.“

Luis wischte sich den Schmatzer mit dem Ärmel ab.

Baum klatschte in die Hände. „Sag Stella, sie soll die letzte Simulation noch einmal hochfahren.“

„Ok.“

“Und wir werden den Hubschrauber brauchen.“

„Alles klar.“

„Veranlasse bitte, dass er uns in den nächsten Tagen zur Verfügung steht.“

„Mach ich.“

Baum rieb sich die Hände. „Tut mir leid, aber ich glaube, du wirst heute eine arbeitsreiche Nacht haben.“ Er klopfte Luis auf die Schulter. „Wirklich gut, Luis! Wirklich gut!“

Auf der Suche nach Edda

Der Vibrationsalarm von Jules Handy verursachte ein knarrendes Geräusch auf dem Tischchen, das neben ihrem Bett stand. Das Telefon rutschte darauf herum wie auf Eis. Jule griff nach ihrem Smartphone.

„Hallo, mein Sprösslein“, flüsterte ihre Mama, so als wolle sie vermeiden, dass jemand ihr Gespräch mit anhörte.

„Mama? Wie spät ist es?“ Jule hörte Geräusche im Hintergrund. Es klang, als würde ihre Mama Schubladen aufziehen und wieder schließen.

„Es ist schon 8:00 Uhr morgens, mein Liebes.“

„Oh Mann, ist was passiert?“ Jule gähnte.

Ihre Mutter räusperte sich. „Ich habe dich geweckt“, flüsterte sie. „Tut mir leid. Aber ich dachte, es ist gut, wenn ich dich selbst anrufe.“

Pause.

„Ich habe gestern noch mit deinem Papa gesprochen.“

Pause.

Jule rollte sich auf den Rücken und starrte an die Decke. Das bedeutete mal wieder, dass ihre Eltern über sie gesprochen und irgendetwas ohne sie beschlossen hatten.

„Mmmh?“, brummte sie zurück.

„Es gibt Probleme im Krankenhaus“, gestand ihre Mama.

Jule schluckte. Sie setzte sich auf und schwang die Beine aus dem Bett. Ihre Zehen berührten das kühle Laminat. Am Tonfall ihrer Mutter, erkannte sie, was nun kommen würde.

Sie würde ihre Verabredung absagen. Das wäre ja nicht das

erste Mal! Jule erinnerte sich daran, dass Papa deswegen oft mit Mama gestritten hatte. Ganz am Anfang hatte Jule sich deshalb noch schlecht gefühlt. Dann hatte sie Bauchschmerzen bekommen, manchmal tat ihr auch der Kopf weh. Oft war sie auch einfach nur wütend geworden. Und nach der Wut kam der Trotz. Jule hatte ihn nicht eingeladen. Er war einfach so hereinspaziert und hatte es sich bei ihr gemütlich gemacht. Ein ungebetener Gast, der nicht mehr gehen wollte.

Die Stimme ihrer Mama holte sie aus ihrer Erinnerung zurück. „... aber es bleibt dabei, dass Papa dich morgen nach Hamburg zurückbringt. Du gehst zu Oma und Opa“, schloss Jules Mama ihre Erklärung ab.

„Das ist nicht fair,“ fauchte Jule. „Erst glaubst du, dass Papa nicht auf mich aufpassen kann und jetzt passt es dir doch wieder nicht!“ Sie hörte, wie ihre Mutter Luft holte.

„Hör zu, Sprösslein ...“ Aber weiter kam sie nicht.

„Nein!“, schrie Jule ins Telefon und schmiss das Handy gegen die Wand. Das Display flackerte kurz und erlosch. Jule warf sich in ihr Kissen. Ihre Augen füllten sich mit Tränen. Nicht weinen, dachte sie. Ihre Kehle tat weh, aber sie schluckte die Enttäuschung einfach hinunter.

Sie dachte an Edda. Edda durfte machen, was sie wollte. Edda sang mit dem Wind und sprach mit den Tieren. Edda kümmerte sich nicht darum, was die Erwachsenen sagten.

Sie würde es ab jetzt ganz genauso machen. Wenn die Erwachsenen ihre Versprechen nicht halten mussten, warum sollte sie es dann tun?

Jule kroch vom Bett und hob das Handy auf. Das Glas war gesplittert, hielt aber zusammen. Das Display erwachte plötzlich wieder zum Leben. Ihre Mama rief erneut an. Wie ein Spinnennetz zogen sich die Risse über das Bild ihrer Mutter. Jule drückte das Gespräch weg.

...

Der Horizont schimmerte rot. Jule sog die frische Morgenluft ein, schmeckte das Salz auf den Lippen, strich sich eine Strähne aus der Stirn und spürte dem Wind nach.

Sie hatte sich unbemerkt aus der Tür stehlen können. Das kaputte Handy hatte sie mitgenommen. Auf dem Weg zu Oma Gerda prüfte sie die Kamera ihres Smartphones. Das feine Spinnennetz im Glas zerschnitt das Panorama, aber das Gerät funktionierte noch. Jule steckte das Telefon in den Rucksack. Sie atmete tief ein.

Das Meer war aufgewühlt an diesem Morgen. Jule beobachtete, wie das Wasser auf den Strand lief. Wie aus einer gigantischen Waschmaschine schwappte weißer Schaum auf den Sand. Nachdenklich verfolgte sie, wie ein Bläschen nach dem anderen zerplatzte und sich in Nichts auflöste.

Wie viele Menschenleben hatte die Nordsee wohl schon auf dem Gewissen? Was hätte Edda ihrem Papa wohl noch sagen oder fragen wollen?

Jule drehte sich um und lief den Weg durch die Dünen zurück. Sie musste sich beeilen. Bevor Papa bemerkte, dass sie nicht mehr im Bett lag!

Die kleine Türglocke bimmelte freundlich, als sie Oma Gerdas Laden betrat. Und wieder strömte ihr der Duft frisch gebackenen Brotes entgegen.

Zu Jules Enttäuschung stand aber nicht Oma Gerda hinter dem Tresen, sondern eine Frau, die sie nicht kannte. Sie trug eine weiße Schürze mit Bordüre und sprach Plattdeutsch mit einem älteren Mann, der eine blaue Strickmütze auf dem Kopf trug. Jule verstand kein Wort.

Als sie kurz überlegte, ob sie nach Oma Gerda fragen sollte, ertönte die Ladenglocke mit ihrem fröhlichen Kling Klang für einen weiteren Kunden. Katja stand plötzlich vor ihr. Jule zuckte zusammen. Zufall? Oder war Katja ihr gefolgt? Jule überlegte blitzschnell, welche Ausrede sie erfinden könnte. „Oh, da hatten wir zwei wohl heute Morgen dieselbe Idee“, log sie.

Katja zwinkerte ihr zu. Jule atmete erleichtert aus.

„Moin Katja, wo geiht di dat?“, brummte der Mann mit der Mütze.

„All up stee, Hans!“, erwiderte Katja freundlich.

„Dat Wicht is ´n Ogensteker! So vööl Sömmerspotten!“ Dabei schaute er Jule an. Jule verstand nichts, wurde aber aus purer Verlegenheit rot. Katja lächelte und nickte.

„Tschüss dann“, brummelte Hans und riss die Ladentür mit solchem Schwung auf, dass die Glöckchen aufgeregt aneinander schlugen.

„Was hat er gesagt?“, wollte Jule wissen.

„Du bist ein Hingucker! Also eine kleine Schönheit“, meinte die Frau hinter dem Tresen. Und Jule schoss erneut die Röte ins Gesicht. Katja machte ihre Bestellung und bezahlte. Jule stand unschlüssig daneben und überlegte krampfhaft, was sie tun sollte. „Ist Oma Gerda heute gar nicht da?“, fragte sie und versuchte ihre Ungeduld zu überspielen.

„Sie ist gestern aufs Festland gefahren“, erklärte die Frau hinter dem Tresen auf Hochdeutsch. „Ihre Schwägerin ist im Krankenhaus. Aber sie kommt heute zurück.“

Jule seufzte.

„Soll ich ihr etwas ausrichten?“, fragte die Frau.

Jule überlegte, schüttelte aber mit einem Blick zu Katja den Kopf.

„Was hältst du davon, wenn wir zwei ein paar Schritte ans Meer machen?“, fragte Katja unvermittelt.

Jule schwieg. Wollte Katja wirklich nur einen Spaziergang machen oder sie aushorchen? Also zuckte sie nur mit den Schultern. Katja seufzte. Sie verließen den Laden.

Jules Gedanken tobten. Sie könnte einfach mit Katja zum Strand gehen. Vielleicht war das sogar die letzte Möglichkeit, Edda wiederzusehen. Aber eigentlich wollte sie mit Edda allein sein. Irgendwie war es doch einfach nicht ok, dass Erwachsene ständig für sie die Entscheidungen trafen! Jule blieb abrupt stehen. Der Wind spielte mit den Hagebutten und ließ die roten Früchte tanzen.

„Ich weiß, dass du mir nicht glaubst, aber ich bin nicht verrückt“, meinte Jule entschlossen. Katja drehte sich zu ihr um. Für einen Augenblick schauten sich die beiden stumm an.

„Ok“, sagte Katja ruhig. „Willst du mir dann nicht erzählen, was in den letzten beiden Tagen wirklich passiert ist?“

Jule fingerte am Saum ihres Pullovers herum.

„Gut“, meinte Katja. „Du musst mir nichts erzählen. Es ist deine Angelegenheit.“ Sie richtete sich etwas auf. „Aber du kannst anderen Menschen nicht verbieten, dass sie sich Sorgen um dich machen.“

Und mit diesen Worten ging Katja einfach fort. Sie drehte sich nicht um, sie blieb nicht stehen. Sie schien fertig mit Jule zu sein.

Jule schaute Katja hinterher. Dann riss sie eine reife Hagebutte von den Büschen und schleuderte sie im hohen Bogen fort. Warum war das alles so kompliziert? Die nächste Hagebutte flog und explodierte schmatzend auf dem Gehweg. Jule wollte doch nur, dass sich nicht ständig alles änderte! Sie wollte doch einfach nur in Ruhe gelassen werden. Das war doch alles nicht fair! Sie schmiss eine dritte Hagebutte zu Boden und ließ sie unter dem Tritt ihres Gummistiefels zerplatzen. Helle Kerne spritzten auf den Gehweg.

Während Jule das matschige Ergebnis ihrer Wut betrachtete, verdrängte plötzlich etwas anderes ihren Ärger. Sie lauschte angestrengt über das Rauschen der Hagebutten hinweg. Es war Musik. Die Töne flogen mal lauter, mal leiser zu ihr hinüber, so als würden sie auf dem Wind tanzen. Eine Frau mit tiefer Stimme sang: „Der Wind hat mir ein Lied erzählt von einem Glück ..."

Das war Eddas Lied! Jules Herz machte einen Satz. Sie lief in die Richtung, aus der die Musik kam. Plötzlich war Jule so aufgeregt wie vor ihrer ersten Reitstunde.

Vielleicht würde sich nun alles ganz von alleine klären. Jule hatte einmal gehört, dass es so etwas gab. Dinge regelten sich in dem Moment von ganz alleine, wenn man aufgehört hatte, sich um sie zu kümmern.

Womöglich wohnte Edda nur zwei Straßen entfernt! Vielleicht war sie jetzt gerade zu Hause! Vielleicht kochte sie jetzt in diesem Moment heißen Tee, füllte ihn in die türkisfarbene Thermoskanne und summte dabei das Lied mit. Sie würden sich ansehen und lachen.

Jule lief schneller, ihr Herz pochte. Immer der Musik nach! Nicht anhalten! Der Musik nach!

„... unsagbar schön. Er weiß, was meinem Herzen fehlt...", wehte es über die Insel.

Jule rannte weiter Richtung Süden, folgte dem Klang der Melodie und bog links in einen Weg ein.

„...für wen es schlägt und glüht..."

Die Vorgärten mit den Hagebutten flogen an ihr vorbei.

„Komm.... komm...", rief die Stimme.

Das Haus der Bilder

Jule blieb keuchend vor einem Haus stehen, dessen Terrassentür weit geöffnet war. Die letzten Takte der Musik flogen zusammen mit einer im Wind wallenden weißen Gardine hinaus in den Garten. Die Terrasse sah aus, als wäre sie mit dicken Holzbohlen um einige Meter erweitert worden. Lustige Figuren tummelten sich darauf.

Eine Gießkanne als Giraffe, große Siebe als Frosch. Ein Pfau stand dort, dessen prächtiges Rad aus Messern und Gabeln zusammengeschweißt war. Sein Kopf bestand aus einer alten Ölkanne.

Jule öffnete die weiß gestrichene Gartentür. Ein Schild mit der Aufschrift „Inselgalerie - An- und Verkauf“ klapperte im Wind.

Sie schaute sich im Garten um. Hier standen Schüsseln und Pfannen, in denen Blumen wuchsen. Jule entdeckte ein Segelschiff, das aus alten Rohren zusammengebaut war. Und überall zwischen Blumen und Sträuchern versteckten sich merkwürdige Dinge, die mit ihrer ursprünglichen Funktion nichts mehr zu tun hatten. Es machte den Eindruck, als hätte jemand das stumme Geheimnis dieser Gegenstände enträtselt. Eine rote Kaffeekanne sah so aus, als wäre sie schon immer dafür bestimmt gewesen, eigentlich ein roter Hahn zu sein.

Wenn dies wirklich Eddas zu Hause war, dann war Jule jetzt schon neidisch. So einen tollen Garten hatte sie noch nie gesehen. Wer sich so verrückte Sachen ausdenken konnte, musste bestimmt total lustig sein.

Die Musik war verstummt. Nur ein rhythmisches Rauschen und Knacken schwappte aus der Terrassentür. Jule durchquerte mit klopfendem Herzen den Garten, stieg auf die knarrenden Holzbohlen und spähte in den Raum hinein.

Ein Wandregal war komplett bis zur Decke mit Büchern vollgestopft. Sie standen dicht gedrängelt, so als wollten sie sich gegenseitig wärmen. Davor waren Obstkisten gestapelt, aus denen Zeitschriften-Türme ragten. Ein leicht muffiger Geruch hing im Raum wie eine schwere Parfümwolke. Lustige Skulpturen waren auch hier zu sehen. Selbst die Fensterbänke waren besetzt.

Aus Treibholz gefertigte Fische hingen von der Decke. Ein ausrangiertes Ruderboot stand aufrecht im Raum und war zu einem Schrank umgebaut worden. Seemannszeug lag und stand herum. Jule erkannte einen Rettungsreifen, einen Haufen Seile, einen riesigen Kompass, ein Stundenglas, verschiedene Barometer, Flaggen und Kisten mit metallenen Gegenständen, deren Zweck Jule nicht erraten konnte.

Und obwohl alles auf den ersten Blick wie ein großes Durcheinander anmutete, schien hier jedes Teil seinen besonderen Platz zu haben. Jemand hatte alle diese Dinge mit viel Liebe und Sorgsamkeit ausgesucht, poliert, umgestaltet und arrangiert.

Auf einer Art Schatztruhe entdeckte Jule einen Plattenspieler. Genau so ein altes Ding besaßen ihre Großeltern noch. Der Tonarm war am Ende der Single angekommen und blieb mit jeder neuen Umdrehung knackend in der letzten Rille des Vinyls hängen. Aus den kleinen Boxen rauschte es. Jule stand davor und beobachtete, wie sich die Scheibe drehte. Sie versuchte kurz den Schriftzug zu lesen. Aber dann hörte sie Geräusche.

Weiter rechts führte der Raum in einen zweiten, etwas kleineren. Neugierig ging sie weiter. Im Gegensatz zum ersten war dieser Raum völlig leer. Stattdessen waren die Wände mit hunderten von Bildern behängt. Sie waren so dicht nebeneinander und übereinander angebracht, dass man kaum noch etwas von der braun gestreiften Tapete dahinter erkennen konnte.

Alle Bilderrahmen waren unterschiedlich. Einige waren ganz schlicht. Andere hingegen breit, mit geschwungenen Verzierungen und Schnörkeln. Wieder andere golden oder sie schienen aus poliertem Aluminium zu sein. Viele hatten kein Glas.

Fotos, Zeichnungen, Radierungen, Kunstdrucke, Ölbilder, eingerahmte Plakate und auch Postkarten füllten die Wände. Jule erkannte ein paar Inselmotive wieder. Aber dazwischen gab es auch eine Fülle an Landschaftsbildern, Schiffen, Portraits und Stillleben. Deiche mit Schafen, die wie dicke Wattewolken auf grünem Himmel standen. Kirchen, Brücken und Kräne. Mit Freude entdeckte Jule Aquarellzeichnungen. Sie zeigten Pferde und Kutschen, die voll beladen über glänzendes Kopfsteinpflaster rumpelten. Jule verlor sich einen Augenblick in einem Bild, das zwei Frauen mit altmodischen Kleidern und Strohhüten am Strand zeigte.

In einer Ecke neben dem einzigen Fenster hingen Bleistiftzeichnungen. Aber im Unterschied zu den anderen Bildern hatten diese alle das gleiche Format. Die stammten bestimmt von ein und demselben Künstler! Jule verglich sie im Geiste mit ihren eigenen Zeichnungen.

Auf dem ersten Bild war ein Hase zu sehen. Das kenne ich doch, stellte Jule überrascht fest. Das sah aus wie das Bild von Albrecht Dürer! Aber die Proportionen stimmten nicht ganz.

Die Ohren des Tieres waren zu klein. Auf einem anderen war ein Stillleben zu sehen. Ein Fisch lag dort auf einem Teller, eine Zitrone daneben. Aber die Perspektive schien nicht ganz in Ordnung. Das dritte Bild zeigte eine Robbe am Strand. Dieses Bild war sehr gelungen.

Dann traute sie ihren Augen kaum. Auf dem vierten Bild erkannte sie Möwe. Eindeutig! Eddas Möwe! Der linke Flügel hing zur Seite! Und Jule schoss sofort ein Gedanke durch den Kopf: Edda hat diese Bilder gezeichnet! Edda war eine wahre Künstlerin! Jule suchte nach einer Signatur. Und tatsächlich fand sie in der rechten unteren Ecke die Initialen E.U. Daneben stand die Zahl 67.

In einem kleinen Nebenraum, aus dem es nach Kaffee roch, hörte Jule jemanden mit Geschirr klappern. Ihr Herz schlug ihr bis zum Hals.

„Hallo?“ Sie spähte vorsichtig um die Ecke.

Das Schlurfen von Schuhen war zu hören. Jemand bewegte sich schwerfällig. „Ik koom. All sinnig!“ Die Stimme klang brummig und müde. So als hätte derjenige, dem sie gehörte, ein Leben lang zu viel und zu laut geschrien. Aber gleichzeitig lag auch Ungeduld darin.

Jule bekam Angst. „Ich wollte nicht stören“, rief sie daher schnell. Das Erlebnis mit Opa Francesco saß noch tief. Sie trat lieber einen Schritt zurück.

Der Mann, dem die Stimme gehörte, hatte vollkommen graue Haare, die zu einem Pferdeschwanz zusammengebunden waren. Wie ein Diadem saß ihm eine Brille mit goldenen Bügeln auf dem Kopf. Sein kariertes Hemd war akkurat gebügelt, aber es hatte die besten Tage bereits hinter sich, denn an den Ellenbogen waren die Karos weißlich abgewetzt. Der Alte trug eine ausgewaschene Jeans und braune Filzpantoffeln, deren Riemen offenbar mit Absicht abgetrennt worden waren. Sein rechtes Bein zog er leicht nach.

Er blieb vor Jule stehen, während er sich die Hände mit einem ebenfalls karierten Handtuch abtrocknete. „Käufer oder Künstler?“ brummte er auf Hochdeutsch, ohne von seinen Händen aufzusehen.

Jule verstand nicht sofort, was er damit meinte. Aber dann ging ihr langsam ein Licht auf. Wahrscheinlich nahm der alte Mann an, sie sei eine Künstlerin und wollte ihm ein Bild anbieten. Obwohl sie sich sicher war, dass Edda hier zu Hause sein musste, würde sie dieses Mal vorsichtiger sein und nicht direkt nach ihr fragen.

„Ach, ich schaue mich nur um. Ich mag diese Zeichnungen hier.“ Sie deutete hinter sich in die Ecke mit Eddas Bildern.

Der alte Mann schaute kurz auf und schnaufte laut durch die Nase. „Die sind unverkäuflich“, brummte er und wandte sich wieder ab.

Jule nahm ihren Mut zusammen. „Wie heißt denn die Künstlerin?“, beharrte sie.

„Ich sagte doch, die sind unverkäuflich“, wiederholte der Alte mürrisch. Auf dem Weg zurück in seine Kaffeeküche wischte er sich mit dem Handtuch über die Stirn.

„Warten Sie!“, meinte Jule. „Ich möchte die ja gar nicht kaufen, aber ich glaube, ich kenne die Künstlerin.“

Der alte Mann blieb stehen und stützte sich mit einer Hand an der Ecke zur Küche ab. Er seufzte. „Ach ja? So, so, wir kennen also die Künstlerin?“ Seine Stimme klang ärgerlich.

Jule fühlte sich mit dem Alten allein unwohl, aber sie musste jetzt wissen, ob sie hier richtig war.

Der Alte seufzte erneut, aber dieses Mal sehr viel lauter.

„Ihr Name ist Edda Ulrichs. Und glaube mir, du kennst sie nicht.“

Jule strahlte. Endlich hatte sie Edda gefunden. Sie fragte sich, ob sie die Geduld des alten Mannes noch weiter strapazieren durfte, aber ihre Freude war größer als ihre Angst. „Dann bin ich richtig!“, freute sie sich. „Ist sie da? Ist Edda da? Ich bin hier nämlich auf Urlaub und würde ihr gerne meine Handynummer geben.“

Der Grauhaarige drehte sich zu Jule um. Sein Gesicht sah blass aus, aber seine Augen funkelten. Er humpelte an Jule vorbei. Dann betrachtete er die Zeichnungen. Vor einem weiteren Bild in der Ecke blieb er stehen, kniff die Augen zusammen und tippte auf das Portrait eines Mädchens. „Edda ist tot. Das hier ist ihre letzte Zeichnung“, brummte er. „Und nun mach’, dass du wegkommst.“ Er schaukelte wie ein Boot langsam wieder Richtung Küche.

Jule starrte das Bild an. Sie hatte das Gefühl, als würde ihr jemand plötzlich den Boden unter den Füßen wegziehen. „Das kann nicht sein. Das ist absolut unmöglich!“ Sie sprang dem Alten hinterher und griff nach seinem Arm. „Aber das ... kann nicht sein!“, stammelte sie und deutete auf die Zeichnung und das Datum, das unter die Initialen E.U. geschrieben war.

Der alte Mann hatte größte Mühe sein Gleichgewicht zu halten. Er versuchte Jule abzuschütteln. Aber Jule zog fest mit beiden Händen an seinem Arm. „Das ist doch sicher ein Irrtum! Das kann einfach nicht stimmen. Das muss eine Verwechslung sein!“ Ihre Stimme überschlug sich.

Der Alte versuchte mit Gewalt Jules Hände von seinem Arm zu lösen. „Sie starb auf den Tag genau vor 50 Jahren!“, zischte er.

Jule starrte auf die Zeichnung. „Es kann nicht stimmen!“, wiederholte sie. „Schauen Sie mich doch mal an!“, forderte sie den Alten auf.

Der seufzte, ließ sich aber von Jule zurück zum Bild ziehen. Sie stellte sich direkt neben Eddas Zeichnung. Der Greis brummelte etwas, das Jule nicht verstand und setzte seine Brille auf. Dann musterte er Jule genauer und blickte in das Kindergesicht, das vor ihm stand. Es war über und über mit Sommersprossen bedeckt. Besonders auffällig war eine herzförmige Sommersprosse unter dem linken Auge. Die blonden Haare fielen in hellen Strähnen in die Stirn.

Die trüben Augen des Alten weiteten sich. Seine Unterlippe zitterte und die Farbe wich aus seinen Wangen. Er schwankte. Mit beiden Händen stützte er sich auf Jules Schultern.

Er kannte dieses Gesicht. Er hatte 50 Jahre lang jeden Tag darauf gestarrt und sich gefragt, wen seine Schwester am 17. Oktober 1967, dem Tag ihres Todes, gezeichnet hatte.

Der verrückte Alte

Der alte Mann war noch blasser im Gesicht geworden. Dann taumelte er rückwärts. Seine Hände rutschten von Jules Schultern und er versuchte vergeblich in der Luft Halt zu finden.

Jule fasste ihn beherzt mit beiden Armen um den Bauch und stützte ihre rechte Schulter unter seinen linken Arm. Sein Hemd war unter den Achseln schweißnass. Es roch ekelig.

Mit der rechten Hand deutete der Alte Richtung Küche. Der kurze Weg dorthin kam Jule endlos vor. Schließlich gelang es ihr den alten Mann auf einen orangefarbenen Küchenstuhl zu bugsieren.

Jule schaute sich um. Auf einer Kochplatte standen zwei Töpfe, an denen vertrocknete Essenreste klebten. Neben der Spüle stapelte sich Geschirr. Auf der Fensterbank lagen Zeitungen und in einer Ecke türmten sich Kartons und Bierflaschen.

Jule suchte ein Glas, aber alles, was sie fand, war ein Kaffeebecher mit Weihnachtsmotiv. Sie kippte die braune Flüssigkeit darin in die Spüle und füllte den Becher mit frischem Wasser. Der Alte deutete auf eine Schublade. Jule zog sie auf. Allerlei Krimskrams. Zwischen Kugelschreibern und Streichhölzern, einer Brille und Papiertaschentüchern fand sie eine Packung mit Tabletten. Sie hob sie hoch. „Die?“, fragte sie knapp. Er nickte.

Jule löste eine Tablette aus der Packung und reichte sie ihm mit dem Wasser. Der alte Mann schob sich die Tablette mit zitternden Händen in den Mund und spülte sie hinunter.

„Soll ich Hilfe rufen? Ich habe ein Handy dabei“, fragte Jule und machte Anstalten ihren Rucksack zu öffnen. Der Alte schüttelte den Kopf. Unschlüssig stand sie in der Küche. Sollte sie gehen? Aber sie hatte so viele Fragen.

Wie konnte es sein, dass eine Zeichnung von ihr an der Wand hing? Wie konnte es sein, dass Edda tot war? War das ein blöder Scherz? Wenn ja, dann fand Jule ihn nicht lustig.

Langsam kehrte eine rosige Farbe in das Gesicht des Mannes zurück. Er nahm einen weiteren Schluck aus dem Becher und wischte sich mit dem Handrücken die Lippen ab. Dann räusperte er sich. „Wollte dich nicht erschrecken“, begann er.

Seine zittrigen Hände legte er auf den Tisch. Unter den Fingernägeln und an den Gelenken waren sie schwarz. Wahrscheinlich hatte er die ganzen Figuren gebaut.

„Es war am Tag, als der Skåne-Orkan über die Insel fegte“, sagte er mit rauer Stimme.

Jule schwitzte. „Ich glaube, ich muss jetzt los“, versuchte sie so entschlossen wie möglich zu sagen, aber ihre Stimme klang piepsig wie die eines Vogels.

„Ich hatte ihr verboten, da raus zu gehen“, fuhr er fort und seine Stimme bekam einen kindlichen Ton. Er blickte von seinen Händen auf und schaute Jule an. „Verblüffend“, meinte er. „Für einen Moment habe ich tatsächlich gedacht ... naja, du siehst der Zeichnung so ähnlich.“

Plötzlich ergriff er Jules Hand. Jule bekam wieder Angst. Mit dem Alten stimmte doch etwas nicht.

„Eine Robbe! Kann man sich das vorstellen? Um ein Robbenbaby zu retten … bei Orkan dort raus?“

Die Finger des Alten schraubten sich um ihr Handgelenk. Jule wurde die ganze Sache langsam unheimlich. „Es tut mir leid, aber ich muss jetzt gehen“, sagte sie laut und versuchte sich aus seinem Griff zu befreien.

Doch der alte Mann hielt sie fest. „Manchmal träume ich, dass ich sie rette.“ Seine Augen begannen zu schwimmen. Doch plötzlich wurde der Zug um seinen Mund hart. Er ließ Jule los. Der Druck seiner Finger hinterließ weiße Flecken auf Jules Handgelenk. Sie rieb sich die schmerzende Stelle.

„Dieser unfähige italienische Bastard ...“, entfuhr es ihm. Er schlug mit beiden Fäusten auf den Tisch. Auf einmal bekam er einen merkwürdigen Ausdruck. Er starrte Jule an. Dann griff er erneut ihren Arm und zog sie halb zu sich herüber. Mit seiner rechten Hand kniff er ihr in die linke Wange und versuchte die herzförmige Sommersprosse mit dem Daumen wegzuwischen. „Hat *er* dich geschickt?“, fauchte er.

Jule wurde panisch. Jetzt drehte der Alte genauso durch wie Opa Francesco!

„Das sieht ihm ähnlich“, schnaubte der alte Mann. „An ihrem …“

Doch dann stockte er, denn Jule riss ihren Kopf weg und schlug mit der freien Hand auf ihn ein. „Lassen Sie mich los!“, schrie sie. Tränen schossen ihr in die Augen.

Der Griff des Alten lockerte sich. Jule befreite sich und rammte ihm die Kante der Tischplatte mit voller Wucht in den Bauch. Er stöhnte und griff sich an die Brust.

Jule stolperte durch die Küche. Zurück durch den Raum mit den Bildern und Richtung offene Terrassentür. Sie stieß mit dem Oberschenkel gegen eine Kiste. Hinter ihr fielen Dinge zu Boden. Sie sprang von der Terrasse und lief den Weg zurück durch den Garten. Der Wind zerrte an ihren Haaren, einzelne Strähnen verfingen sich in ihren Wimpern. Tränen rannen über ihr Gesicht. Sie konnte nur einen einzigen klaren Gedanken fassen: Lauf!

Ohne darauf zu achten, schlug sie den Weg zum Meer ein. Über ihr schrie eine Möwe.

Logisches Denken

Jule lief kopflos Richtung Osten, durchquerte die Dünen und stand in etwa dort, wo sie Edda das erste Mal getroffen hatte. Obwohl es stürmte, fühlte sie die Kälte des Windes kaum.

Sie schnallte ihren Rucksack ab und holte das Handy heraus. Ihr Smartphone meldete sieben verpasste Anrufe. Jule hatte das Telefon nicht ein einziges Mal klingeln hören. Ihre Hände zitterten. Ihr erster Impuls war, sofort nach Hause zu laufen. Aber der Riss auf dem Display erinnerte sie an die Wut, die sie heute Morgen auf ihre Mama gehabt hatte. Er erinnerte sie auch an das Katja-Problem. Und plötzlich war sie sogar wütend auf Edda. Warum war sie einfach verschwunden?

Das Meer war voller weißer Schaumkronen. Jule ließ sich am Rand einer Düne in den Sand fallen. Sie zog die Beine an und schlang ihre Arme um die Knie. Der Wind griff in ihre blonden Strähnen.

Sie hatte Edda gefunden und dann auch wieder nicht! Jule wusste nicht mehr, was sie glauben sollte. Sie konnte doch unmöglich auf einer 50 Jahre alten Zeichnung abgebildet sein. Oder sah sie dem Mädchen auf der Zeichnung doch nur zufällig so ähnlich? War Edda wirklich tot, wie der Alte behauptet hat?

Jule schüttelte sich. War sie einem Geist begegnet? War Edda ein Spuk, so wie der Geist der Burhave? Ihr standen die Nackenhaare zu Berge. Sie stand vor einem weiteren Rätsel. Das alles ergab überhaupt keinen Sinn! Plötzlich war sie sich nicht mehr sicher, ob sie das alles wirklich erlebt hatte.

Ihr Magen knurrte. Im Rucksack lag eine angebrochene Tüte Kekse. Die obersten beiden waren zerkrümelt. Jule nahm die Packung heraus und stülpte ihren Rucksack um. Wie frei gelassene Vögel flogen die Krümel davon. Das blau karierte Handtuch fiel neben einer Bürste, ihrem Portemonnaie, dem Zeichenblock samt Stiften, einer Packung Kaugummis und dem goldenen Ding auf den Strand.

Jule nahm das Handtuch und befühlte zum zweiten Mal den groben Stoff. Dann wickelte sie das goldene Ding darin ein.

„Ich hab Edda nicht erfunden!", versicherte sie sich. Sie stopfte sich zwei Kekse auf einmal in den Mund. Während sie kaute, dachte sie angestrengt nach. Stell´ deinen Denkapparat an!, befahl sie sich. Denke logisch wie Sherlock Holmes!

Ihr Vater hatte ihr die Blueray-Edition von Sherlock aus den Sommerferien mitgebracht. Sie hatte so lange gebettelt, bis ihr Papa schließlich nachgegeben hatte. Den Tipp mit der englischen Serie hatte sie von Paula bekommen, die ja inzwischen in London lebte. Jule liebte Sherlock Holmes. Und erst jetzt fiel ihr auf, dass der junge Francesco dem Schauspieler der Serie ein bisschen ähnlich sah.

Nun fielen ihr die Worte des berühmtesten Detektivs aller Zeiten wieder ein:

Wenn man das Unmögliche ausgeschlossen hat, muss das, was am Ende übrig bleibt, die Wahrheit sein, auch wenn es unwahrscheinlich ist.

Jule wischte sich das Gesicht mit dem anderen Ärmel ab. Auf dieser Insel schienen die seltsamsten Dinge möglich zu sein. Was blieb übrig, wenn sie das Unmögliche ausschloss?

Jule war sich eigentlich sicher, dass sie selbst nicht verrückt war. Bei dem Alten aus der Galerie allerdings hatte sie ihre

Zweifel. Aber einmal angenommen, dass auch der Alte nicht verrückt war, was blieben dann noch für Möglichkeiten? Jule versuchte, ihre Gedanken zu ordnen.

Erstens: Es gab ein Mädchen, das sich Edda nannte. Diese Edda und Jule hatten sich getroffen. Hier lagen die Beweise.

Zweitens: Es existierte eine 50 Jahre alte Zeichnung, auf der Jule abgebildet war!

Drittens: Diese Zeichnung stammte von einer Edda Ulrichs, die am 17.10.1967 gestorben war, also genau heute vor 50 Jahren.

War das ein Zufall?

Jule stopfte sich zwei weitere Kekse in den Mund. Während sie kaute, überlegte sie, was jetzt ein Sherlock Holmes daraus schlussfolgern würde. Leider hatte sie nicht seinen genialen Verstand.

Jules Gedanken rasten. Logisches Denken war gar nicht so einfach! Gab es Geister auf der Insel? War ihre Edda etwa ein Geist? Jule hatte noch nie davon gehört, dass Geister am Strand sangen oder Möwen fütterten! Es gab also zwei entscheidende Fragen.

Erstens: Wer war das Mädchen in Gelb?

Und zweitens: Wie kam Jules Gesicht auf eine 50 Jahre alte Zeichnung?

Jule stopfte alle Sachen zurück in ihren Rucksack. Der Wind nahm zu.

In fremden Sachen schnüffeln

Jule war so in Gedanken, dass sie das ungewohnte Geräusch zunächst nur halb registrierte. Erst wusste sie es nicht recht einzuordnen, aber es klang irgendwie vertraut. Es dauerte eine Weile, bis ihr bewusst wurde, dass es die Rotorblätter eines Hubschraubers waren.

Sie stand auf und blickte zum Himmel. Katja hatte ihr erklärt, dass die Insel einen kleinen Flughafen an der zum Festland gelegenen Seite hatte. Ein Hubschrauber hieß auf der Insel nichts Gutes. Auch das hatte Katja ihr erklärt. Ein Hubschrauber bedeutete in den meisten Fällen einen akuten Notfall. Was war passiert? Unfall? Armbruch? Herzinfarkt?

Plötzlich wurde Jule schlecht. Der Alte in der Inselgalerie hatte gestöhnt und sich an die Brust gefasst, als sie ihm die Tischkante in den Bauch gerammt hatte. Hatte sie ihn etwa umgebracht? Ihre Knie wurden weich.

Sie musste noch einmal in die Inselgalerie. Sie musste wissen, ob der Alte noch lebte. Vielleicht war er der einzige Schlüssel zu diesem Rätsel.

Jule rannte zurück durch die Dünen, zurück Richtung Ostdorf an den Hagebutten vorbei.

Die Terrassentür der Inselgalerie stand offen wie zuvor. Jule lauschte, konnte aber nichts hören. Zu ihrer Erleichterung stellte sie fest, dass weder ein Notarzt noch ein Sanitäter in der Nähe war. Sie schlich durch den Garten.

Vor der Terrasse blieb sie stehen. Sollte sie rufen? Jules Herz pochte. Sie hatte Angst, aber sie musste herausfinden, was los war. Wieder knackte eine Holzbohle, als sie die Terrasse betrat. Sie spähte vorsichtig in den Raum.

Die Kiste, die sie bei ihrer Flucht umgestoßen hatte, stand wieder an ihrem Platz, das konnte sie von draußen erkennen. Nun hörte sie Stimmen. Jule konnte nicht genau verstehen, was dort gesprochen wurde, aber die Stimme des Alten konnte sie deutlich heraushören. Er lebte also, stellte sie erleichtert fest. Jule atmete einmal tief durch. Gleich darauf hörte sie eine Frau sprechen und eine dritte Person mit heller klarer Stimme lachte. Dann war es plötzlich totenstill. Jule fror augenblicklich ein, so wie in der Schule, wenn sie Stopptanz spielten. Doch gleich darauf wurde im Nebenraum lebhaft weiter gesprochen. Jule tastete sich langsam weiter vor und lugte in den Raum mit den Bildern.

Der Alte stand dort mit dem Rücken zu ihr. Neben ihm zwei ältere Frauen, die sich beide auf einen Gehstock stützten. Sie betrachteten das Bild, in das Jule sich heute Morgen auch verliebt hatte.

„... aber es ist doch eindeutig Seeger nachempfunden", erklärte die Frau, die so gelacht hatte. Dann fuhr sie oberlehrerhaft fort. „Zwei Frauen am Strand, eine hellwach, die andere dösend oder schlafend." Nun deutete sie auf das Bild. Ihr Zeigefinger kreiste vor dem Bild durch die Luft.

Ohne darüber nachzudenken, was sie tat, schlich Jule auf Zehenspitzen an den Dreien vorbei und huschte in die Küche. Die Packung Tabletten lag noch immer auf dem Tisch. Daneben stand eine halb geleerte Flasche Schnaps. Was jetzt?

Jule schaute sich um. Was hoffte sie denn hier zu finden? Was machte sie hier? Es war eindeutig nicht in Ordnung. Man schnüffelte nicht in fremden Häusern herum!

Plötzlich hörte sie den Alten näher kommen. Wohin? Was,

wenn er sie hier entdeckte? Jules Herz klopfte so laut, dass sie Angst hatte, der Alte könne es hören. Verzweifelt suchte sie nach einem Versteck, aber hier bot sich nichts an. Eine hellblaue Tür war nur angelehnt! Sie schlüpfte lautlos hindurch und blieb mit klopfendem Herzen dahinter stehen. Sie hielt die Luft an.

Der Alte hantierte in der Küche herum. Schranktüren flogen auf und wurden wieder zugeknallt. Der Alte brummelte etwas, dann ging er wieder. Jule atmete aus.

Nun sah sie sich um. Sie stand in einem schummrigen Flur. Es roch muffig, so als hätte jemand seit Jahren nicht gelüftet. Am anderen Ende des Flures schimmerte etwas Licht durch das verdreckte Milchglas der Haustür. Der Schlüssel steckte von innen. Rechts davon führte eine Treppe nach oben.

Ich könnte einfach durch die Haustür verschwinden, sagte sie sich. Aber was dann? Sie schlich bis zur Treppe, vergewisserte sich, dass es in der Küche weiter ruhig blieb und betrat die erste Stufe. Sie tastete sich langsam vorwärts. Die vierte Stufe knarrte laut, so als hätte Jule einer Katze aus Versehen auf den Schwanz getreten. Jules Herz raste. Sie blieb stehen, horchte, aber alles blieb ruhig. Sie schlich vorsichtig weiter bis zum oberen Treppenabsatz.

Auch hier oben war es schummrig. Jule schnallte ihren Rucksack ab, kramte ihr Handy heraus und benutzte die Taschenlampen-App. Wieder fünf Anrufe. Anscheinend hatte ihr Smartphone beim Aufprall gegen die Wand heute Morgen doch etwas abgekriegt. Im Nachhinein war Jule froh darüber. Bei dem Gedanken, dass das Gerät jeden Moment hätte klingeln und sie verraten können, lief ihr ein Schauer über den Rücken.

Sie leuchtete einmal in die Runde. Drei Türen gingen hier oben vom Flur ab. Und ihr Herz machte einen kleinen Satz, als sie an einer Tür den Namen Edda las. Er war mit bunten Buchstaben auf das Holz geklebt worden. Edda war hier also tatsächlich zu Hause.

Mit pochendem Herzen klopfte Jule leise an. Dann noch einmal, aber nichts rührte sich. Jule drückte die Klinke. Verschlossen! Enttäuscht wollte sie sich schon abwenden, als sie bemerkte, dass der Schlüssel steckte. Jule drehte ihn mit einem Klacken um und drückte die Tür auf.

Die Vorhänge vor den Fenstern waren zugezogen. Es roch auch hier muffig. Sie betrat den halb dunklen Raum. Ihr Herz klopfte zum Zerspringen. „Edda?“, flüsterte sie leise, ahnte aber instinktiv, dass sie keine Antwort bekommen würde. Jule schwenkte ihr Handy wie einen Suchscheinwerfer durch den Raum.

Zu ihrer Rechten stand ein Kleiderschrank, der mit Glanzbildern beklebt war. Jule hatte genau so ähnliche im Poesiealbum ihrer Großmutter gesehen. Vor den verhängten Fenstern stand ein Schreibtisch. Zu ihrer Linken ein Bett und ein Tisch. Jule suchte einen Lichtschalter, fand aber keinen. Sie nahm ihren Mut zusammen und ging hinein. Dann zog sie die rechte Seite des Vorhangs weg. Millionen von Staubkörnern erwachten mit einem Mal zum Leben. Sie flogen wie aufgescheuchte Insekten durch den schmalen Streifen des einfallenden Lichts.

Jule musste niesen. Sie drückte ihren Mund fest gegen ihre Armbeuge und hoffte, dass der Alte sie unten nicht hören würde.

Von hier aus konnte man durch die fast blinden Scheiben direkt in den Kunstgarten schauen. Auf der Fensterbank lagen Muscheln, Treibholz, bunte Glasstücke und verschiedene Kieselsteine. Durch eine Schlucht von braunen schwertförmigen Muscheln ritten vier Cowboyfiguren einem ungewissen Ziel entgegen. Zwei von ihnen warfen gerade ein Lasso, das über ihren Köpfen kreiste.

Vorsichtig schob sie auch die linke Seite des Vorhangs beiseite. Auf dem Schreibtisch lagen Comics. Auf einem Titelbild zogen drei Cowboys ihre Revolver. Unter ihnen stand in roten Buchstaben *Der Wolfstöter*. Daneben lagen zwei Bücher. *Die Zeitmaschine* von H.G. Wells und *Robinson Crusoe* von Daniel Defoe. Jule kannte beide Geschichten nur aus Filmen.

Sie nahm *Die Zeitmaschine* in die Hand und strich über den Einband. Wasserflecken hatten ihn an mehreren Stellen verfärbt. Die Ecken des Buchrückens waren abgestoßen und eingerissen. Jemand hatte dieses Buch mindestens hundertmal in der Hand gehabt.

Sie selbst hatte den Film zusammen mit Ihrem Vater angeschaut, wobei er darauf bestanden hatte, die ältere Filmfassung zu sehen. Jule erinnerte sich daran, wie sie sich vor den schrecklichen Morlocks mit ihren riesigen Augen, der grünen Haut und den strubbeligen Haaren gefürchtet hatte.

Mit einem Male überkam Jule ein ganz seltsames Gefühl. Es war merkwürdig, in Sachen zu wühlen, die einem nicht gehörten. Sie selbst würde bestimmt fuchsteufelswild werden, wenn jemand in ihren Sachen wühlen würde. Aber dann dachte sie, dass das hier etwas anderes war. Das ganze Zimmer machte den Eindruck, als hätte schon ewig kein Kind mehr hier gespielt, gelesen oder Hausaufgaben gemacht.

Jule wurde plötzlich schlecht. Sie musste sich setzen. Sie hatte bis auf vier Kekse noch nichts gegessen. Außerdem hatte sie furchtbaren Durst. Sie setzte sich auf das Bett. Wieder wirbelte Staub auf. Ihr Kopf fühlte sich an, als wäre Watte darin.

Das war Eddas Zimmer! Aber selbst der dämliche Robin aus ihrer Klasse würde merken, dass Edda dieses Zimmer schon lange nicht mehr betreten hatte. Jules Herz raste, ihre Haut prickelte, ihr Mund wurde staubtrocken. Plötzlich war ihr Hunger weg und sie hatte das Gefühl, keine Luft zu bekommen. Sie musste hier raus! Das war ein Alptraum. Wach auf!, dachte sie. Bitte, wach auf!

Die Stufe der Treppe knarrte. Der Alte! Jule sprang auf und lief zur Tür. Aber sie sah den grauen Pferdeschwanz bereits die Treppe heraufwanken. Er hatte große Mühe die Stufen zu nehmen. Jule erinnerte sich an die halb volle Flasche Schnaps, die sie unten auf dem Küchentisch gesehen hatte. Sie schloss leise die Tür und betete, dass der Alte an Eddas Zimmer vorbei gehen würde.

Das Schlurfen seiner Pantoffeln stoppte auf dem oberen Treppenabsatz. Panisch schaute Jule sich um. Sie schlich auf Zehenspitzen zum Fenster und zog die Vorhänge wieder zu. Nun hörte sie, wie am Schlüssel hantiert wurde. Die Klinke wurde heruntergedrückt. Der Alte murmelte wirres Zeug, das Jule nicht verstand. Sie stand wie versteinert im Raum. Es war zu spät! Sie starrte auf die Klinke.

Die Tür wurde einen Spalt aufgemacht. Doch dann fiel sie mit lautem Knall wieder zu. Der Alte fluchte. Er hatte das Gleichgewicht verloren! Jule rollte sich blitzschnell unter das Bett. Wollmäuse flohen in die Ecken. Sie stieß mit dem Ellenbogen irgendetwas zur Seite.

Der Alte kam schwankend herein. Ein Viereck aus Licht fiel auf den Teppich. Sie hielt den Atem an und starrte auf die Hosenbeine, die wie zwei dunkle Säulen vor dem Bett standen. Dann blieb ihr fast die Luft weg.

Ihr Rucksack lag dort neben der Tür. Sie hatte ihn liegen

lassen, als sie nach einem Lichtschalter gesucht hatte. Jule konnte das Pochen ihres Herzens bis in den Magen spüren. In ihren Ohren rauschte es.

Plötzlich fing der Mann an zu weinen. Jule hatte noch nie einen Erwachsenen weinen sehen. Selbst Mama oder Papa nicht. Nun kamen ganz merkwürdige Geräusche aus dem Alten heraus. Er fluchte und weinte zugleich. Dann stöhnte er.

Er schlurfte weiter in den Raum. Seine Füße waren nun so dicht vor Jules Gesicht, dass sie Angst hatte, ihr Atem könnte seine Beine streifen. Und plötzlich knarrte das Bett und über ihr drückten sich die Sprungfedern des Bettgestells so weit durch, dass Jule Angst bekam, erdrückt zu werden. Sie wagte nicht zu atmen. Staub und Wollmäuse schwebten dicht vor ihrer Nase. Sie spürte den Niesreiz in sich aufsteigen und vergrub die Nase wieder in ihrer Armbeuge. Ihre Augen fingen an zu tränen. Lange würde sie das nicht mehr aushalten. Dann wurde es plötzlich still. Jule konnte es nicht mehr unterdrücken. Sie nieste in den Ärmel ihres Pullovers.

Er würde aufspringen und sie packen! Aber stattdessen hörte Jule tiefe schnorchelnde Atemzüge. Der Alte war eingeschlafen.

Jule bewegte sich langsam. Vorsichtig kroch sie unter dem Bett hervor. Nichts wie weg, dachte sie, aber dann hielt sie kurz inne.

Der alte Mann lag ausgestreckt auf dem Rücken. Die leere Flasche hielt er in seinen Armen wie ein Baby.

Jule kniete sich am Fußende des Bettes hinunter und tastete nach dem Gegenstand, den sie dort gespürt hatte. Ihre Fingerspitzen glitten nochmals durch den Staub. Da! Sie griff sich den Fund, zog ihn hervor und robbte vorsichtig zurück. Es war ein kleines Büchlein. Sie stopfte es in ihren Rucksack.

Dann schlich sie so schnell es ging die Treppe hinunter und schlüpfte durch die Haustür hinaus. Der frische Wind blies ihr ins Gesicht.

Katja mischt sich ein

Jule schoss um die Ecke. Weg von diesem Haus, weg von diesem verrückten Alten, weg von dem Gedanken daran, dass Edda tot war. Am liebsten sofort weg von dieser Insel. Am besten nach Hause, in ihr Zimmer, ihren Stoffhasen Ruby in den Arm nehmen, die Decke über den Kopf ziehen, die Welt aussperren.

Als sie in die Straße zur Ferienwohnung bog, sah sie Katja aus der Tür kommen. Jule versteckte sich hinter der nächsten Hausecke. Auf keinen Fall wollte sie ihr jetzt begegnen. Katja würde ihr bestimmt wieder neugierige Fragen stellen. Jule würde einfach warten, bis sie weg war.

Katja lief telefonierend an ihr vorbei. Jule wollte gerade weiter zur Ferienwohnung gehen, als sie Katja sagen hörte: „Nein, der Name des Schiffes ist Nordstern. Und kennst du eine Edda?" Katja ging weiter Richtung Dorfplatz.

Jule stockte der Atem. Mischte sich Katja wieder in ihre Angelegenheiten ein? Was hatte sie vor? Obwohl ihr gerade noch danach gewesen war, sich zu verkriechen, folgte sie Katja bis zu einem Laden. Dort versteckte sie sich hinter einem aufgestellten Strandkorb, in dem Sandspielzeug zum Verkauf angeboten wurde. Sie konnte beobachten, wie Katja an der Inselglocke und der alten Kirche vorbeilief, kurz stehenblieb und sich umdrehte. Jule duckte sich hinter den Strandkorb. Katja bog in einen kleinen Sandweg ein. Jule lief bis zur alten Kirche und lugte vorsichtig um die Ecke. Vor einem Haus mit tiefgezogenem Dach blieb Katja stehen. Die Tür öffnete sich, ohne dass Katja geklingelt hatte. Hans, der Mann mit der blauen Mütze, der Jule heute Morgen im Bäckerladen „Ogensteker“ genannt hatte, stand im Türrahmen und lächelte. Die beiden sprachen kurz. Dann gingen sie hinein.

Jule huschte wie eine Maus über den Weg und ging hinter den Zaun des Nachbarhauses in Deckung. Was hatte dieser Hans mit der Nordstern und mit Edda zu tun?

Inzwischen wusste Jule, dass die Haustüren hier nie abgeschlossen waren. Sollte sie sich leise hineinschleichen? Aber das war ziemlich riskant. Vielleicht war irgendwo ein Fenster geöffnet? Sie verließ ihre Deckung und flitzte hinüber zu dem Haus von Hans. Dort drückte sie sich an die Hauswand und schlich vorsichtig weiter. Es gab hier zwei Fenster, die allerdings geschlossen waren. Jule setzte vorsichtig einen Fuß neben den anderen. Vielleicht gab es eine Hintertür. Jule schielte um die Ecke. Neben einem verrosteten Grill stapelten sich zahlreiche Kisten. Ein altes Fahrrad lehnte dagegen. Dann blieb ihr fast das Herz stehen. Katja trat, ein Tablett mit Kuchen in der Hand, auf die Terrasse. Jule zog ruckartig den Kopf zurück, ging in die Hocke, drückte sich an die roten Klinker.

„Francesco?“, rief Hans von drinnen. „He hett sein Fieven nich all binanner.“

„Offensichtlich“, sagte Katja. „Er ist nicht ganz dicht.“

Jule hörte, wie Hans mit klapperndem Geschirr aus der

Hintertür trat. Nun wurde etwas auf den Tisch gestellt. Stühle wurden geschoben.

„Wir machen uns Sorgen, Hans. Jule rennt irgendwo auf der Insel herum. Vorgestern musste ich sie bei auflaufendem Wasser von der Sandbank ziehen.“ Katja klang besorgt.

„Beter ‘n Kumm to vööl, as ‘n Lepel to minn“, brummte Hans. Eine Tasse wurde auf eine Untertasse gestellt. Jule hatte nichts verstanden.

„Sagt dir der Name Edda etwas? Sie müsste in Jules Alter sein.“ Katja seufzte.

„Wo soll die wohnen?, fragte Hans.

„Das wissen wir nicht“, gab Katja zu.

„Ich kenne alle Kinder, die bei uns auf der Insel leben“, sagte Hans.

Jule hörte, wie ein Stück Kluntje in eine Tasse plumpste. Das braune Stück Zucker knisterte, als jemand heißen Tee darüber goss.

„Sagt dir der Untergang eines Schiffes namens Nordstern denn etwas? Jule fragte danach. Vielleicht gibt es einen Zusammenhang.“ Katja klang wie eine Kommissarin im Krimi.

„Jo“, meinte Hans. „Do klingelt wat bi mi.“

Jule verstand kein Plattdeutsch, aber sie glaubte, dass er sagte, es wäre ihm etwas eingefallen. Sie hielt es kaum noch aus. Auf allen vieren kroch sie um die Ecke und spähte zwischen Fahrradreifen und Kisten hindurch.

„Die Nordstern“, begann Hans, „ist damals vor Borkum gesunken. Holger Ulrichs ist mit dem Schiff abgesoffen. Entschuldigung, untergegangen. Er hinterließ zwei Kinder. Uwe und Edda.“

„Das muss sie sein.“ Katja klang aufgeregt. Und auch Jules Herz setzte einen Takt aus.

„Nee, Katja, das kann nicht sein“, sagte Hans. „Die Nordstern sank ... warte mal ...“ Er trommelte mit den Fingern auf die Tischplatte. „Das war ...“, begann Hans wieder, „an meinem 21. Geburtstag. 15. April 1964.“ Er machte eine kurze Pause. „Gesa, also die Mutter der beiden, ist damals fast verrückt geworden“, fuhr Hans fort. „Erst Holger und drei Jahre später ertrinkt die Tochter.“ Hans nahm einen Schluck Tee und setzte die Tasse zurück auf ihren Unterteller. „Beter teihn in't Küssen, as een missen“, brummelte er gedankenverloren.

Am liebsten wäre Jule aus ihrem Versteck gesprungen und hätte Hans geschüttelt. Wieso ist Edda tot? Wie konnte es dann sein, dass sie ihr begegnet war?

„Hans, jetzt warte mal.“ Katja rutschte mit ihrem Stuhl hin und her. „Soll das heißen, die einzige Edda, die auf unsere Beschreibung passt, ist seit 50 Jahren tot?“ Katja stieß mit ihren Beinen so hart unter den Tisch, dass eine Tasse umkippte. „Ist das eine deiner vielen Spukgeschichten?“

„Tut mir leid“, sagte Hans und stellte die Tasse wieder auf. „Das ist die einzige Edda, die Verwandte auf der Nordstern hatte.“ Er tupfte den Tisch mit einer Serviette ab. „Vielleicht meint deine Jule aber eine andere Edda? Vielleicht ein Mädchen vom Festland?“

„So wird es sein“, sagte Katja. Aber sie klang nicht überzeugt.

„Aber da fällt mir noch was ein.“ Hans goss wieder Tee nach. „Unser alter Francesco und Uwe sind sich seitdem spinnefeind.“

„Wie das?“ Katja wurde wieder hellhörig.

„Naja, die beiden waren dickste Freunde. Freiwillige Rettungsschwimmer“, erklärte Hans. „Du weißt doch wie die sind. Die Helden vom Strand. Einer für alle und so ...! Aber seit dem

Tag, an dem die kleine Edda ertrunken ist, macht Uwe den alten Francesco dafür verantwortlich. Es ging dabei wohl auch um Eifersucht. Klar ist nur, dass Uwe an dem Tag volltrunken zu Hause in der Koje lag. Was da genau passiert ist, weiß keiner."

„Wenn Eddas Bruder den alten Francesco für den Tod seiner Schwester verantwortlich macht", sagte Katja, „dann ist es kein Wunder, dass …", sie stutzte.

„Dass was?", hakte Hans nach.

Katja stellte ihre Tasse ab. „Ich glaube, ich weiß, warum Francesco ausgerastet ist."

Ich auch, dachte Jule. Aber das machte die Sache nicht einfacher.

Das Tagebuch einer Toten

„Drei Stunden!" Jules Papa musste sich beherrschen, um nicht zu schreien. „Wir haben dutzendmal versucht, dich anzurufen, aber die Dame hat es wohl nicht nötig, ans Telefon zu gehen."

Jule stand im Flur der Ferienwohnung. Sie war wie der Wind nach Hause gelaufen. Der ganze Vormittag war ein einziger riesengroßer Alptraum gewesen. Eigentlich wollte sie jetzt nur in den Arm genommen werden. Stattdessen stand sie da wie ein verurteilter Schwerverbrecher und fummelte schuldbewusst am Reißverschluss ihres Rucksacks herum. Ihr Pullover und ihre Hose waren noch grau von dem Staub unter Eddas Bett.

Ohne es zu merken, liefen ihr Tränen über das Gesicht. Gleichzeitig rasten die Gedanken durch ihren Kopf. Konnte sie es riskieren, von Edda zu erzählen? Würde ihr Papa es glauben, dass hier Dinge geschahen, die man nicht erklären konnte? Aber im selben Moment dachte Jule daran, dass sie dann auch erklären müsste, warum sie verbotenerweise in den Dünen herumgestrolcht war und heimlich in einer fremden Wohnung herumgeschnüffelt hatte. Wie ein Dieb hatte sie auch noch ein Buch mitgehen lassen. Und sie hatte Katja hinterherspioniert, die vermutlich jeden Moment durch die Tür kommen würde.

Ihr Papa stand vor ihr und streckte die Hand aus. „Handy!“, befahl er knapp. Jule holte ihr Handy aus der Tasche und reichte es ihm. „Ich hab das Klingeln nicht gehört“, schluchzte sie. Ihr Papa zog scharf Luft durch die Nase und nahm Jules Telefon. Er schaute auf das Display, öffnete das Menü und schloss es wieder. Für eine Ewigkeit wie es Jule schien, standen sie sich wortlos gegenüber.

„Geh auf dein Zimmer. Ich muss nachdenken“, sagte er schließlich und kratzte sich am Hinterkopf. Jule schlurfte in ihr Zimmer und schloss die Tür. Sie ließ den Rucksack fallen und schmiss sich aufs Bett. Die Tränen kullerten in das Kopfkissen. Kleine, runde Kleckse. Klecks, Klecks.

Irgendwann öffnete Katja vorsichtig die Tür. Wie eine Gefängniswärterin stellte sie einen Teller mit Käsebrötchen und Erdbeerjoghurt auf den Nachttisch. Sie wartete kurz, doch da Jule nichts sagte, schlich sie leise wieder hinaus.

Ich bin nicht verrückt, dachte Jule zum tausendsten Mal. Sie setzte sich auf. Dann griff sie nach dem Brötchen. Sie war inzwischen fast am Verhungern. Während sie kaute, fiel ihr Blick auf den Rucksack.

Jule zog das kleine Buch daraus hervor. Es war quadratisch. Der Einband war blau und fühlte sich rau an. Auch hier waren zahlreiche Wasserflecken zu sehen. Jule pustete den Staub weg. Sie schlug den Buchdeckel auf. Der muffige Geruch, der ihr entgegenströmte, wirkte schon fast vertraut. Die erste Buchseite war beige und an den Rändern bräunlich verfärbt.

Jule blätterte die Seite um. Ein vertrocknetes Tier fiel ihr entgegen und sie erschreckte sich. Es war ein Ohrenkneifer, den sie mit spitzen Fingern in den Papierkorb beförderte.

„Dieses Buch gehört Edda Ulrichs“ stand dort in tintenblauer Schreibschrift. Das tote Insekt hatte einen Fleck auf dem Wort Buch hinterlassen. Ganz anders als die Schreibschrift, die Jule in der Schule gelernt hatte, waren hier die Buchstaben geschwungen und fast verschnörkelt. Das große D hatte unten eine Schlaufe, beim E saß die Schlaufe oben. Das war Eddas Tagebuch! Jule zögerte. War es richtig, ein fremdes Tagebuch zu lesen?

Jule atmete tief ein. Dann blätterte sie um. Der erste Eintrag war vom August 1967. Jule starrte die Jahreszahl an. Es stimmte also. Dieses Buch hier war 50 Jahre alt. Es war das Buch einer Toten. Wenn dieses Buch ihrer Edda gehörte, dann war Jule tatsächlich einem Geist begegnet. Ihr Herz klopfte wie verrückt. Wie unter Hypnose begann sie zu lesen.

20. August 1967: Habe mich heimlich hinausgeschlichen. Uwe und Mama merken es nicht, wenn ich durch das Fenster klettere und von da auf das Dach vom Anbau. Heute ist Vollmond und dann schimmert der Strand wie Schnee. Mama hört nicht zu, wenn es etwas vom Meer zu erzählen gibt. Uwe ist einfach nur blöd. Er kommandiert mich herum. Es wäre schön, jemanden zum Spielen zu haben. Selbst Robinson Crusoe hatte einen Hund und dann einen Freund namens Freitag.

Jule sah im Geiste, wie sich Edda heimlich aus dem Haus schlich. Wie sie wahrscheinlich barfuß und im gelben Regenmantel durch die Dünen rannte und lauthals sang. Der Gedanke, dass es Edda nicht mehr gab, schnürte ihr die Kehle zu. Sie las weiter.

22. August 1967: Schöne Muscheln gefunden. Habe sie auf meine Fensterbank gelegt. Francesco hat mir die italienischen Namen des Windes erklärt. Ich glaube, er ist in Uwes Freundin verliebt. Ich soll es aber nicht weitersagen. Und nur weil er aus Italien kommt, ist er ja kein schlechterer Mensch.

Langsam begann Jule die Fakten in ihrem Kopf zu ordnen. Edda meinte den alten Francesco, also Francesco Matteo Andrea! Sie erinnerte sich wieder an das Foto von den DLRG-Schwimmern. Wie alt mochte Opa Francesco da wohl gewesen sein? „Viel zu alt“ hatte Edda zu Jule gesagt.

3. September 1967: Lange nichts geschrieben. Ich hatte so viel zu tun. Ich baue mir gerade ein Floß. Francesco hat mir aus dem Butt vier kleine Fässer dafür geschenkt. Er ist wirklich nett. Er hilft mir, wann immer er Zeit hat. Uwe ist unausstehlich und Mama ist keine Hilfe.

Auf den nächsten Seiten folgten Zeichnungen vom Meer und vom Strand. Jule blätterte Seite um Seite um und betrachtete Eddas Zeichnungen. Dann fiel ihr plötzlich ein Stück Zeitung in den Schoß. Das Papier fühlte sich spröde an. Sie schaute auf verschiedene Kleinanzeigen. Warum hatte Edda das aufgehoben? Jule wendete das Stück Papier. Und mit einem Blick wusste sie es sofort. In fetten Buchstaben stand dort:

Verstümmelter Notruf - gesamte Besatzung findet nasses Grab in der Nordsee.

Jules Augen blieben direkt auf einem Foto in der Mitte des Artikels hängen. Dort war ein langes weißes Schiff mit zwei Masten abgebildet. Die Unterschrift lautete:

„Das Hamburger Küstenmotorschiff Nordstern mit 282 Bruttoregistertonnen sank am 15.04.1964 vor Borkum."

Jule sprang an den Anfang des Artikels. Dort war die Rede von Nordostwind, von Windstärke 6 bis 7 und einer Wellenhöhe von 2,5 Metern. Jule schluckte. Auf diesem Schiff war Eddas Papa ums Leben gekommen. Sie starrte das Foto an.

„Jule?" Ihr Papa stand in der Tür.

Jule war so vertieft in ihre Entdeckung gewesen, dass sie ihn nicht bemerkt hatte. Sie klappte Eddas Tagebuch zu und schob es unter das Kopfkissen. Dann drehte sie sich zur Tür um.

„Wir müssen einmal in Ruhe miteinander reden", begann er das Gespräch. Er setzte sich zu Jule aufs Bett. Sie fühlte sich ertappt wie in der Schule, wenn man gerade heimlich einen Zettel weitergeben sollte. Jule schob das Buch unbemerkt noch ein Stückchen tiefer unter das Kopfkissen. Dann schaute sie ihren Papa an.

„Ich will nicht lange drum herum reden", begann er wieder. „Wir haben das Gefühl, dass du uns etwas verschweigst." Er machte eine Pause und hoffte auf eine Reaktion seiner Tochter, doch Jule sagte nichts. Sie schluckte nur.

„Also, das mit dem Handy glaube ich dir", meinte er nickend. „Es ist wohl defekt." Jules Papa nahm ihre Hand als wäre diese ein zerbrechliches Ei. „Aber das ist nicht alles, oder? Jule, ich weiß, dass Katja und ich dich vielleicht überrumpelt haben, aber wir waren doch eigentlich immer ein gutes Team, mmh?" Er klang versöhnlich.

Jule starrte auf die Hand ihres Vaters. „Ich hab Angst, dass du mir nicht glaubst", brachte sie endlich heraus.

Ihr Papa legte den Kopf zur Seite. „Solange es nicht um irgendwelche Spukgeschichten von der Insel geht, glaube ich dir alles“, versuchte er Jule mit einem Lächeln aufzumuntern.

Jule schaute ihn fassungslos an. „Und wenn es genau darum geht? Wenn ich nun einen Geist gesehen habe?“

„Es gibt keine Geister, Jule.“ Ihr Papa nahm sie in den Arm. Er streichelte ihr den Kopf, schaute ihr tief in die verheulten Augen. Jule wünschte sich so sehr, dass ihr Papa recht hatte.

„Bist du dir ganz sicher?“

„Ganz sicher.“ Ihr Papa wuschelte ihr über den Kopf. „Es gibt für alles auf der Welt eine rationale Erklärung“, sagte er. Das beruhigte Jule kein bisschen. Sie atmete tief ein und wieder aus. Ihr Papa setzte sich ein Stück zurück und schaute sie an. „Ab jetzt keine Geheimnisse mehr, okay?“, sagte er. Jule starrte ihn immer noch an. Wie sollte sie ihm erklären, was passiert war?

„Willst du mir nicht erzählen, wo du heute den ganzen Vormittag gesteckt hast?“, fragte er und streichelte wieder Jules Hand.

Das würde ihr Papa doch nie glauben! Oder gab es tatsächlich für alles auf der Welt eine ganz einfache Erklärung? Wie sollte sie alleine damit fertig werden? Wo sollte sie anfangen? „Also, heute Morgen ...“, begann sie zögerlich, „ich wollte wissen, wo … also ich habe Katja beim Bäcker getroffen ... und dann hat sie mich einfach stehen lassen … und ich … bin dann einfach so rumgelaufen … und habe zufällig die Inselgalerie gefunden.“

„Einfach stehen lassen … welche Inselgalerie?“ Ihr Papa runzelte die Stirn.

„Papa, in dieser Galerie wohnt ein verrückter Alter … und

es hängt ein Bild von mir an der Wand!“ Jule schluckte. „Das ist 50 Jahre alt ... und dann bin ich weggerannt.“ Jule fasste sich ein Herz. „Papa, ich *bin* einem Geist begegnet.“ Ihr Puls schnellte hoch, Wärme stieg ihr ins Gesicht.

„Moment, Moment, Moment“, unterbrach ihr Papa sie. Er ließ ihre Hand los. „Ich komme da nicht mit. Jule, ich dachte, ich hätte mich ganz klar ausgedrückt. Keine Geheimnisse, keine Spukgeschichten mehr, okay?“ Er schüttelte den Kopf. Jule hatte befürchtet, dass ihr Papa ihr nicht glauben würde. Jetzt sah sie sich bestätigt.

„Also“, versuchte er es erneut, „was hast du denn nun wirklich ausgefressen?“ Wieder legte er den Kopf schief. „Geht es dabei vielleicht um einen gut aussehenden Kellner?“

„Aber Papa, das ist keine Spukgeschichte, das ist doch das Verrückte!“ Jule sah ihren Vater mit einer Mischung aus Hoffnung und Verzweiflung an. Die Veränderung in seinen Augen konnte sie deutlich sehen. „Du glaubst mir nicht!“, stellte sie enttäuscht fest.

Ihr Papa schnaufte. „Jule, ich möchte dir wieder vertrauen können“, ermahnte er sie, „und dazu gehört, dass du mir die Wahrheit sagst.“

Jule vergaß für einen Moment alles, was ihr mit Edda auf dem Herzen lag. Sie spürte ihren Puls, der schneller schlug und die Wärme, die ihr ins Gesicht stieg. „Die Wahrheit?“ Jules Augen funkelten. „Du lügst mich doch die ganze Zeit an! Bla bla bla Urlaub machen. Wir gehen reiten. Was für ein Scheiß! Es geht hier doch gar nicht um mich!“ Wieder schossen ihr Tränen in die Augen.

„Können wir bitte in einem anderen Ton miteinander sprechen?“, versuchte ihr Papa die Wogen zu glätten. Doch Jule war außer sich. Der ganze Vormittag hatte sie tief erschüttert. Und die Ereignisse der letzten Tage steckten ihr noch immer in allen Gliedern. Sie wusste nicht mehr, was sie glauben sollte. Und jetzt sah es so aus, als wäre sie allein an allem Schuld. Das war einfach nicht fair!

Ihr Papa saß da und suchte nach Worten. „Jule", begann er von vorne, „es ist nicht immer so einfach, wie du glaubst. Das Leben ist nicht einfach nur schwarz oder weiß. Und es bringt doch jetzt wirklich nichts, sich Fantasiegeschichten auszudenken. Ich weiß, dass du sauer auf uns bist." Er nahm einen langen ruhigen Atemzug. „Sieh mal, deine Mama und ich haben uns ...."

Doch weiter kam er nicht. Jule beendete den Satz, den sie schon viel zu oft gehört hatte. „... ja, ja, einvernehmlich und als Freunde getrennt. Aber ihr liebt mich heiß und innig und es ist nicht meine Schuld. Und das Leben geht weiter, eben nur ANDERS." Ihre Worte wurden schrill. „Wenn ich aber kein ANDERS will?"

Ihr Papa saß sprachlos da.

„Kann ich jetzt endlich mein Handy wiederhaben?", fragte Jule trotzig und verschränkte die Arme vor der Brust.

Ihr Papa stand auf und zog Jules Handy aus der Gesäßtasche seiner Jeans. Er befühlte das gesplitterte Display. „Du bleibst hier im Zimmer. Die Fähre geht morgen um 16 Uhr." Und damit warf er das Handy aufs Bett.

Jule zitterte. „Heißt das etwa, ich habe Hausarrest?"

„Wären wir doch nie auf diese bescheuerte Insel gekommen!", platzte es aus ihm heraus. Er schluckte. „Du gehst jedenfalls nicht mehr alleine aus dem Haus", bekräftigte er sich und seine Entscheidung. Er drehte sich zur Tür um.

„Das ist nicht fair!", schluchzte Jule.

Kaum hatte ihr Papa die Tür geschlossen, flog Jules Kopfkissen hinterher und blieb wie ein verwundeter Vogel auf dem Fußboden liegen. Dann wurde der Schlüssel von außen im Schloss herumgedreht. Jule blieb vor Schreck der Mund offen stehen. Hatte Papa es wirklich ernst gemeint? Hatte er sie tatsächlich eingeschlossen? Jule sprang auf und rüttelte an der Klinke. Umsonst. Die Tür war zu. Waren denn hier alle inzwischen verrückt geworden? Die Tränen liefen über ihr Gesicht. Jule rutschte mit dem Rücken an der Tür hinunter und blieb auf dem Fußboden sitzen. Sie drückte sich das Kissen vor den Bauch und starrte aufs Bett. Und jetzt?

Eddas Tagebuch, das sie vorher unter dem Kissen versteckt hatte, lag dort und hielt Jules Blick gefangen. Sie wischte sich die Tränen aus dem Gesicht. Das Tagebuch war ihre einzige Verbindung zu Edda. Es war vielleicht auch die einzige Chance, das Rätsel zu lösen! Sie krabbelte auf allen vieren zum Bett und begann wieder zu lesen.

Schuldgefühle

17. September 1967: Das Floß ist fertig! Ich habe es ausprobiert. Uwe war total wütend. Er hätte mich fast vertrimmt. Ohne Schwimmweste sei das glatter Selbstmord, meinte er. Er hat Francesco verprügelt, weil er mir geholfen hat. Aber ich glaube, es war in Wirklichkeit wegen Uwes Freundin. Ich werde das Floß in den Dünen verstecken.

Jule erinnerte sich an das selbst gebaute Gefährt in den Dünen. Es sah eigentlich ganz solide aus. Aber sie konnte sich vorstellen, dass sich dieser Uwe als älterer Bruder Sorgen machte. Schließlich war ja schon der Papa auf dem Meer umgekommen. Und offenbar war Uwe eifersüchtig auf Francesco. Sie blätterte weiter.

24. September 1967: Ich habe die Zeitmaschine noch einmal gelesen. Wenn ich George wäre und eine Zeitmaschine hätte, dann würde ich nicht in die Zukunft reisen. Ich würde in die Vergangenheit reisen. Dann könnte ich Papa warnen und er würde nicht auf die Nordstern gehen. Wenn ich eine Zeitmaschine hätte! Dann wäre Papa noch bei uns.

Jule stutzte. In ihrem Kopf herrschte ein großes Durcheinander, aber irgendetwas hatte Klick gemacht. Dann plötzlich schoss ihr ein Gedanke durch den Kopf. Sie ließ die Seiten wie in einem Daumenkino durch die Finger gleiten. Vor ihren Augen flogen die blauen Zeilen dahin. September, Oktober ... Da! Jule las weiter. Ihr Herz klopfte, ihr Mund wurde trocken. Sie zitterte vor Aufregung.

13. Oktober 1967: Ich habe ein Mädchen aus Hamburg kennengelernt. Die hat so viele Sommersprossen wie Sterne am Himmel stehen. Sie heißt Jule. Ich hab sie gern.

Jule saß da und wusste nicht, ob sie das alles verstand. Sie las die Zeilen noch einmal und dann noch einmal. „Ich bin in Eddas Tagebuch!", sagte sie laut. Ganz langsam formte sich ein Gedanke in ihrem Kopf. Konnte das sein?

Es gab keine Geister hatte Papa ihr versichert. Angenommen, er hatte wirklich recht und Jule hatte tatsächlich keine Geister gesehen - dann gab es nur noch eine einzige logische Erklärung! Edda war quicklebendig gewesen, als Jule ihr begegnet war. Nur war das nicht im Jahr 2017, sondern im Jahr 1967 passiert! Wie war das möglich? Jule las weiter.

13. Oktober 1967 (Abend): Jule und ich haben den Schatz der Burhave gesucht! Es war so gruselig. Das glaubt mir doch niemand! Ich kann gar nicht einschlafen. Mein Herz rast immer noch wie verrückt. Wir haben kein Wrack gefunden, aber einen Schatz gehoben! Es war unheimlich! Zwei Männer haben in den Dünen eine kleine Kiste vergraben. Sie haben geblutet. Und sie haben Latein gesprochen! Wer um alles in der Welt spricht denn heutzutage noch Latein? Jule und ich haben den Schatz wieder ausgegraben! In der Kiste war ein seltsames Ding aus Gold. Vielleicht ist es etwas wert. Ich werde es an meinem geheimen Platz in den Dünen verstecken, sonst nimmt Uwe es mir weg. Er ist ja immer hinter Geld her.

Bei der Erinnerung an diesen Abend bekam Jule eine Gänsehaut. Mit klopfendem Herzen las sie den nächsten Eintrag.

15. Oktober 1967: Jule ist verschwunden und mit ihr auch das goldene Ding. Ich glaube, Jule hat es mir geklaut. Ich habe sie an meinem geheimen Ort überrascht. Ich habe mir gar nichts dabei gedacht. Sie sah so traurig aus. Dann waren wir auf der Sandbank und haben die Robben beobachtet. Und dann ist Jule verschwunden. Sie hat mir das Gold geklaut und sich aus dem Staub gemacht. Ich hätte nicht gedacht, daß sie so fies ist.

Jule schluckte. Sie hatte sich nichts Schlimmes dabei gedacht. Sie wollte ja nur herausfinden, was dieses goldene Ding eigentlich war. Sie fühlte sich plötzlich schuldig.

Aber warum war sie überhaupt im Jahr 1967 gelandet? Ohne es zu merken, war sie zwischen zwei Jahrhunderten hin und her gewandert. Durch die Zeit! Einfach so, als sei es das Normalste auf der Welt!

Das Buch rutschte ihr aus der Hand. Sie musste etwas trinken, aber sie war noch immer im Zimmer eingeschlossen. Ihre Gedanken überschlugen sich. Auf einmal ergab alles einen Sinn!

Die Zeichnung aus dem Jahr 1967! Das Porträt des Mädchens war tatsächlich sie selbst! Und das Foto im Butt! Das war Edda auf dem Holzfass und Möwe, die dort nach Nahrung suchte! Und es waren Uwe und der verrückte Francesco als Rettungsschwimmer auf dem anderen Foto. Wie war das alles nur möglich?

Jule musste das Unglaubliche erst einmal verdauen. Sie stand auf und öffnete ein Fenster. Sie brauchte dringend frische Luft. Was passierte hier mit ihr? Was sollte sie machen? Ihr Papa würde ihr das doch nie glauben. Schon gar nicht, wo er jetzt so sauer auf sie war!

Das Rauschen der Brandung war zu hören.

Jule war auf sich allein gestellt. Aber war das wirklich so schlimm? Edda hatte ihr beigebracht, dass man auch alleine zurecht kommen konnte.

Sie schnappte sich ihr Handy. Vielleicht gab es etwas im Internet! Irgendetwas, das ihr helfen konnte, zu verstehen! Fieberhaft suchte sie im Netz nach Zeitreisen. Sie brauchte über eine halbe Stunde, bis sie endlich etwas Brauchbares gefunden hatte.

Hier war die Rede von einem so genannten „Großvater-Paradoxon". Davon hatte sie noch nie etwas gehört! Dieses Paradoxon sagte, dass man allein schon deshalb nicht in die Vergangenheit reisen könnte, weil man theoretisch dort seinen eigenen Opa töten könnte – und somit die eigene Existenz auslöschte. Jule rauchte der Kopf. Langsam verstand sie, was das Problem war. Wenn sie selbst 50 Jahre zurückreisen und ihren Opa töten würde, dann würde es ihre Mama nicht geben! Und somit auch nicht Jule selbst. Und wenn es sie selbst nicht gab, dann konnte sie auch nicht in die Vergangenheit reisen, um ihren Opa zu töten. Aber wie sollte man dieses Problem lösen?

Auch hierauf fand sie eine Antwort: Physiker und Physikerinnen hatten in den 1990er Jahren eine Lösung gefunden: Sie gingen davon aus, dass das Universum in sich immer logisch bleiben würde. Es war also gar nicht möglich, seinen Opa zu töten. Jule verstand kein Wort. Ein in sich logisches Universum? Was sollte denn das sein?

Der Text ging noch weiter. Jule las etwas von einer unendlichen Anzahl an logischen Zeitkurven.

Vom langen Starren auf das zersplitterte Display taten ihr bereits die Augen weh. Sie fand noch etwas über ein internationales Forscherteam heraus. Und eine Zeile erregte ihre besondere Aufmerksamkeit. Dort stand in fetter Überschrift: Zeitreisen widersprechen klassischer Physik nicht!

Ein gewisser Physiker namens Baum erklärte dort, dass Zeitreisen möglich seien, denn die damit verbundenen Fragen ließen sich ganz ohne die Quantenphysik erklären. Jule wusste nicht, was Quantenphysik bedeutete, aber dieser Baum behauptete, dass man diese geschlossenen Zeitkurven nur finden müsse!

Jule legte das Handy weg. Sie war im Jahr 1967 aufgetaucht. Sie wusste nicht wie, sondern nur, dass es passiert war! Und dieser Physiker mit Namen Baum behauptete, dass es möglich war.

Hatte sie vielleicht, ohne es zu wissen, so eine Zeitkurve gefunden, von der hier die Rede war? Waren die Dünen im Osten der Insel deshalb Sperrgebiet?

Konnte sie Edda womöglich doch wiedersehen?

Jules Magen knurrte plötzlich. Sie öffnete den Erdbeerjoghurt und löffelte die süße Masse in sich hinein. Ihr Blick fiel zurück auf das aufgeschlagene Tagebuch. Es gab nur noch zwei Einträge.

16. Oktober 1967: Uwe hat mir verboten an den Strand zu gehen. Es gibt wohl eine Orkanwarnung. Aber ich habe das Robbenbaby heute alleine gesehen. Hoffentlich wurde es nicht von der Mutter getrennt. Jule ist nicht mehr aufgetaucht.

Der letzte Eintrag war kurz und ließ Jule das Blut in den Adern gefrieren.

17. Oktober 1967: Das Robbenbaby wurde von der Mutter getrennt. Es stürmt zwar wie verrückt, aber ich glaube, dass ich es mit dem Floß schaffe.

Jule starrte auf den letzten Satz. So war es also passiert. Edda war bei Sturm zur Sandbank gelaufen, um das Robbenbaby mit dem Floß zum Strand zu ziehen. Die mutige Edda! Jule schossen wieder die Tränen in die Augen. Wenn sie Eddas Tod ungeschehen machen könnte, dann würde sie es sofort tun!

Plötzlich explodierte ein Gedanke in ihrem Kopf! Sie wischte sich die Tränen weg. Was hatte Edda ein paar Seiten zuvor geschrieben? Wenn sie George wäre, dann würde sie nicht in die Zukunft reisen, sondern in die Vergangenheit? Sie würde ihren Papa warnen und er wäre nicht mit der Nordstern untergegangen!

„Aber ich kann ja zurück!“, rief Jule laut aus. „Ich kann Edda warnen, ich kann es ungeschehen machen!“

Jules Hirn ratterte. Der 17.Oktober 1967. Das war genau heute vor 50 Jahren! Jule blätterte zurück. Eddas Begegnungen mit Jule lagen alle exakt 50 Jahre zurück. War das vielleicht eine feste physikalische Einheit? Eine 50-Jahre-Zeitkurve oder so was? Wie auch immer! Sie konnte Edda warnen. Sie konnte Edda retten! Es klopfte. Jule erschrak. Sie stopfte das Tagebuch zurück unter ihr Kopfkissen.

Ihr Papa öffnete die Tür. „Jule“, begann er langsam, „ich glaube, ich muss mich entschuldigen.“ Er räusperte sich.

Jules Gedanken fuhren Achterbahn. Sie musste hier raus! Sie musste Edda warnen! Sie brauchte einen Plan und zwar schnell! „Papa, es tut mir leid. Du hast sicher recht“, sagte sie so überzeugend wie möglich. „Ich war einfach wütend auf dich. Ich habe mir das alles nur ausgedacht!“

Ihr Papa runzelte die Stirn. Jule merkte selbst, dass dieses Geständnis ein wenig zu glatt und unglaubwürdig daherkam.

„So?“, fragte er misstrauisch. „Aber warum hast du nicht einfach ...“

„Ich dachte, du brauchst mich nicht mehr.“ Jule war von ihrer eigenen Antwort überrascht, denn es war noch nicht einmal gelogen.

Ihr Papa atmete hörbar aus. „Wie kommst du denn nur darauf?“ Er ging auf Jule zu und kniete sich vors Bett. „Du bist das Wichtigste in meinem Leben. Weißt du das denn nicht?“ Wieder nahm er Jules Hand, dieses Mal die andere. Er streichelte die Stelle, an der Jule sich geschnitten hatte. Ihr Papa sah sie lange an. „Ich mag Katja wirklich sehr gern“, begann er, „aber du ...“, er musste schlucken, „du bist und bleibst für immer meine Jule.“ Nun kullerten ihm Tränen aus den Augen. „Ich weiß, dass ich nicht ganz ehrlich war, aber ich hatte Angst, dich zu verlieren“, gestand er.

Jule spürte, wie sich die Enge in ihrer Brust löste. Sie umarmte ihren Vater. Im Gegensatz zu Edda hatte sie ihren Papa noch! Sie drückte ihn so fest sie konnte an sich.

„Hey, du erdrückst mich ja!“, brummte er. Jule ließ ihren Vater los.

„Du musst mir etwas versprechen“, begann er vorsichtig. „Bitte sprich mit mir, wenn dich etwas bedrückt, ja?“ Seine Augenbrauen hoben sich.

Jule nickte.

„Und versprich mir, dass du nie wieder alleine ans Meer gehst.“ Er schaute ihr tief in die Augen. Jule schluckte. Sie wollte ihren Papa nicht schon wieder belügen. Sie musste schnell das Thema wechseln. Darauf fiel er immer herein. „Lässt du die Tür auf? Ich muss ja vielleicht mal zur Toilette.“

Ihr Papa wuschelte ihr über den Kopf. „Was hältst du davon, wenn wir heute Abend im Butt ein Abschiedsessen nehmen?“ Er zwinkerte ihr zu. „Francesco ist sicher auch da“, neckte er sie.

„Papa!“, empörte sich Jule mit gespieltem Ärger.

„Also, was sagst du?“, fragte er.

Jule nickte, aber ihr zog sich der Magen zusammen. Nein, Papa! Ich kann nicht!, dachte sie. Ich muss Edda retten!

Ihr Papa drückte sie. „Ok, dann ist das abgemacht.“ Er stupste ihre Nase und ging. In der Tür blieb er kurz stehen, zog den Zimmerschlüssel ab und steckte ihn von der Innenseite wieder ins Schloss. Er lächelte verlegen. „Das war eine echt bescheuerte Idee von mir. Ich mache uns jetzt Mittagessen, ok?“

Jule nickte. Dann stand sie auf und schob ihn mit den Worten „Ich muss jetzt zeichnen. Bitte nicht stören!“ sanft aus der Tür.

Jule drehte so behutsam wie möglich den Schlüssel um. Sie griff ihren Rucksack und schmiss das Handy hinein. Dann zog sie ihre dicke Windjacke und die Turnschuhe aus dem Schrank. Sie musste unbemerkt aus der Wohnung kommen. Sie dachte an Edda, die aus dem Fenster geklettert war. Jule schob die geklöppelten Gardinen zur Seite. Erster Stock. Wie tief ging es hier hinunter?

Direkt unter dem Fenster war ein breites Schild mit der Aufschrift „Pension Hansen“ angebracht. Etwa einen halben

Meter vorm Haus stand ein Schuppen. Ein Kettcar und zwei Bollerwagen waren davor abgestellt worden. Wenn sie rückwärts aus dem Fenster kletterte, könnte sie sich ans Schild hängen. Dann müsste sie mit den Füßen das Dach des Schuppens erreichen!

Jule schnallte ihren Rucksack um. Dann kletterte sie auf die Fensterbank und drehte sich. Sie hielt sich am Fensterrahmen fest und ließ ihren Körper nach unten gleiten. Ihre Füße knallten gegen das Schild. Jule hielt den Atem an. Dann fasste sie den Rahmen des Schildes. Putz bröckelte von der Wand. Ihre Füße angelten nach dem Dach des Schuppens, aber sie schaukelten nur durch die Luft. Jule hing mindestens noch 30 Zentimeter über dem Wellblech. Sie zählte bis drei. Dann ließ sie sich fallen. Das Dach unter ihr knackste und machte einen Höllenlärm.

Über ihr wurde ein Fenster geöffnet. Sie sprang vom Dach und drückte sich an die Rückseite des Schuppens.

„Keine Ahnung“, hörte sie Katja sagen. Jules Herz klopfte. Das Fenster wurde wieder geschlossen. Sie atmete aus. Dann schob sie sich am Kettcar und dem Bollerwagen vorbei und rannte los.

CHRONOS

Doktor Baum hatte sich wie immer seine Sonnenbrille hoch auf die Stirn geschoben. Er saß vor einem Laptop, stützte die Ellenbogen auf die Tischplatte und massierte sich mit beiden

Händen die Schläfen. „Wir sind noch nie soweit gekommen", sagte er nachdenklich. „Das erste Mal, seit ich denken kann, haben wir ein eindeutiges Signal! Endlich kommt Schwung in die Sache! Das, was hier passiert, wird alles verändern!" Er vergrub das Gesicht in beiden Händen. „Und nun können wir nichts weiter tun als warten?" Er nahm einen tiefen Atemzug und schaute hinaus auf das Flugfeld.

Der kleine Flughafen der Insel Baltrum hatte nur eine einzige Landebahn. Entlang der Piste waren einmotorige Maschinen aufgereiht wie Robben auf einer Sandbank. Vor dem lang gestreckten Gebäude wurde ein Sikorsky VH-92 A aufgetankt. Auf dem Schnauzen ähnlichen Bug des rot-weißen Hubschraubers befand sich ein kreisrundes Logo. Darin waren vier weiße ineinander verschlungene Triangeln auf schwarzem Grund abgebildet. Wie die Schrift auf einer Münze lief das Wort ChronoS am Kreisrand des Logos entlang. ChronoS war die Abkürzung für den englischen Begriff: Chronometric Systems, was soviel bedeutete wie: auf Zeitmessung basierende Systeme.

Doktor Baum beobachtete einen Mann in rot-weißer Montur, der prüfend um den Hubschrauber lief. Er hatte Kopfhörer auf und eine Kladde in der Hand. Er erhielt Anweisungen über Funk, denn jedes Mal, wenn er etwas notiert hatte, hob er den Daumen.

In dem kleinen Tower, der direkt ans Flugfeld grenzte, warteten neben Doktor Baum auch Stella und Luis. Stella wandte sich dem Laptop zu, das auf dem Tisch vor ihr stand. Sie betrachtete die rotierende blaue Kugel, auf der die seltsamen weißen Zahlen und Linien verliefen. Sie schüttelte den Kopf. „Es ist nicht stabil", sagte sie mit ihrem harten Schweizer Akzent.

Doktor Baum blickte über die Schulter zu ihr herüber. „Aber das war zu erwarten. Damit haben wir gerechnet." Er verschränkte die Arme vor der Brust. Stella seufzte.

Luis' lockiges braunes Haar hing ihm in die Stirn. Er stand vor dem großen Fenster des Towers und blickte zum Hubschrauber. Er war es, der dem Mann unten Anweisungen gab. Er hatte ein Headset auf und ging ebenfalls eine Liste durch. Jedes Mal, wenn er den erhobenen Daumen unten am Helikopter sah, sagte er „Check" und hakte etwas ab.

„Wie viel Zeit noch?", fragte Doktor Baum.

Stella zuckte mit den Schultern. Dann nahm sie einen Schluck Kaffee aus einem Pappbecher. Sie rümpfte die Nase. „Kaffee ist wirklich nicht deren Stärke hier", stellte sie fest.

Doktor Baum klopfte ungeduldig auf seine Armbanduhr. „Wie viel Zeit?", wiederholte er.

„Schwer zu sagen", gab Stella zurück und blickte wieder auf den Bildschirm. „In unserem Fall eine paradoxe Frage, nicht wahr?", sagte sie.

Luis zog sich das Headset vom Kopf. „Wir wären soweit", sagte er und schob sich ein Pfefferminzbonbon in den Mund.

Der Skåne Orkan

Im Osten der Insel waren nur wenige Menschen am Strand unterwegs. Jule rannte so schnell sie konnte. Ihr Rucksack schlug mit jedem Schritt gegen ihren Rücken.

Sie hatte den gleichen Weg eingeschlagen wie vor zwei Tagen und den Bade- und den Hundestrand hinter sich gelassen. Aber sie wusste nicht mehr genau, wo sie in die Dünen geklettert war. Alles sah hier gleich aus. Es gab nichts, woran man sich orientieren konnte!

Sie rannte weiter. Das Meer rauschte in ihren Ohren. Die Möwen schrien. Wo nur? Wo war Eddas Versteck? Sie blieb stehen und beugte sich nach vorne. Wieder einmal Seitenstechen. Jule schaute hoch. Sie blickte direkt nach Osten. Sie musste weiter! Sie nahm einen tiefen Atemzug und rannte wieder los.

Und wenn sie nun zu spät kam? Jule schob den Gedanken weg. Sie hielt sich die stechende Seite. Nach weiteren zweihundert Metern blieb sie stehen. Nun konnte sie den seltsamen Turm auf der Nachbarinsel wieder erkennen. Der dicke Mann mit Hut ohne Arme! Sie schlug sich seitlich in die Dünen. Irgendwo hier musste es doch sein! Jule sprang in eine tiefe Mulde. Der Wind über ihr heulte auf. Sie spürte Regen. Sie krabbelte auf allen vieren auf die nächste Düne.

Schwarze Wolken hatten sich aufgetürmt. Das Meer brüllte. Sie blieb stehen und schaute sich um. Nichts. Sie sprang hinab und kletterte die nächste Düne wieder hinauf. Endlich! Eddas Versteck! Jule schaute sich um.

„Edda?" Jule kramte ihren Zeichenblock aus dem Rucksack. Der Wind riss ihr das Papier fast aus der Hand. Jule war völlig außer Atem. Schweiß lief ihr in den Nacken. Sie brauchte einige Minuten, um wieder ruhig zu werden. Ihre Hand zitterte. Aber hier kam es ja nicht auf Schönschrift an. Sie setzte sich mit dem Block hinter das Holzfass und begann zu schreiben.

Liebe Edda,

ich weiß nicht wie ich es erklären soll. Ich komme aus einer anderen Zeit. Bei mir ist heute der 17. Oktober 2017, aber bei dir ist es der 17. Oktober 1967. Bitte glaube mir! Es geht um dein Leben! Du darfst auf keinen Fall das Robbenbaby retten. Du stirbst sonst an diesem Tag! Ich weiß nicht, wie das möglich ist, aber es ist wahr.

Deine Jule.

Jule faltete den Brief zusammen und legte ihn in Eddas Kiste.

Zufrieden schnallte sie ihren Rucksack wieder um. Edda würde den Brief lesen und hoffentlich auf sie hören. Alles würde gut werden!

Jule wollte bereits gehen, als ihr einfiel, dass sie Edda das goldene Ding zurückgeben musste. Sie stutzte. Das Floß war nicht mehr an seinem Platz.

„Edda?“, rief Jule gegen den Wind. War sie bereits zu spät?

Jule wurde panisch. Sie sprang über die nächsten Dünen zurück an den Strand. Regen peitschte ihr ins Gesicht. Das Meer schäumte. Jule rannte den wütenden Wellen entgegen. Schaumkronen überschlugen sich. Gischt fegte über das Wasser.

Dort tanzte irgendetwas Dunkles auf den Wellen. Es tauchte auf und verschwand wieder. Jule konnte es nicht erkennen. Sie stemmte sich gegen den Wind. Dann zog sie die Turnschuhe aus, warf den Rucksack ab und stakste ins Wasser. Wieder verschlug die Kälte ihr den Atem. Die Wellen gingen ihr bis zu den Knien und warfen sie fast um.

Plötzlich tauchte der Gegenstand wieder auf. Es war ein kleines Holzfass, das in einem Fischernetz gefangen war. Jule griff danach. Ein Stück von Eddas Floß! Wahrscheinlich war es in den Wellen auseinandergebrochen! Das Fass taumelte auf dem Wasser und riss Jule mit.

„Edda!“ Jule kniff die Augen zusammen. Sie klammerte die Finger fest um das Fischernetz. Dort leuchtete etwas! Dort schwamm Eddas Regenmantel!

„Edda!“ Jule stiegen die Tränen in die Augen. Das durfte

einfach nicht sein! Bitte, bitte, bitte nicht, flehte sie. Sie steckte einen Arm durch das Fischernetz und klemmte es fest in die Armbeuge. Dann kämpfte sie sich gegen die Wellen langsam vor. Das Wasser stieg. Obwohl Jule noch nicht weit ins Wasser gelaufen war, krachten die Wellen bereits gegen ihre Oberschenkel.

„Edda!“, schrie sie immer wieder gegen den Wind. Das Fass rutschte und schlug schmerzhaft gegen ihre Rippen. Jule blieb der Atem weg. Aber sie ging weiter. Die Kälte setzte ihr zu. Sie konnte ihre Füße nicht mehr spüren. Ihre Hände wurden langsam taub.

Jule keuchte. Das Wasser hatte zu viel Kraft! Sie hatte zwar noch festen Sand unter den Füßen, aber die Wellen waren unerbittlich. Und dann rutschte sie plötzlich ab. Der Priel!

Das Wasser schlug über ihrem Kopf zusammen, nahm ihr den Atem. Sie krallte sich an das Fischernetz. Das Fass schaukelte wie ein Surfbrett über ihrem Kopf. Jule strampelte aus Leibeskräften und kam wieder an die Oberfläche. Sie schnappte nach Luft, hustete.

Plötzlich fühlte sie einen Schlag in die Magengrube. Und gleich darauf tauchte Eddas Kopf auf. Sie spuckte Wasser und griff Hilfe suchend um sich.

„Edda!“, schrie Jule. Sie griff nach Eddas Arm und zog sie an sich.

„Jule!“, stöhnte Edda. Dann verschwand ihr Kopf in einer Welle. Jule wurde samt Fass hochgeworfen. Nicht loslassen!, dachte sie. Doch sie hatte kaum noch Gefühl in den Händen. Ihre Kraft ließ nach.

Plötzlich schoss Eddas Hand aus dem Wasser. Jule packte ihr Handgelenk. Sie zog ihren eigenen Arm mühselig aus dem Fischernetz. Dann zerrte sie Eddas Arm durch die groben

Maschen. „Nicht loslassen!“, schrie sie Edda an. Eddas Augen rollten nach hinten. „Halte dich fest!“, schrie Jule.

Sie versuchte zu schwimmen. Sie schob Edda mit dem Fass vor sich her. Das Rauschen einer anrollenden Welle überdeckte den heulenden Wind. Direkt über ihnen brach sie. Jule rollte durchs Wasser und strampelte mit Armen und Beinen. Als sie endlich wieder an die Oberfläche kam, war Edda nicht mehr zu sehen.

Jule drehte sich in alle Richtungen. Eine zweite Welle brach über ihr zusammen. Jule schluckte Wasser und wurde auf den Grund gedrückt. Sand wirbelte um sie herum. Mit allerletzter Kraft drückte sie sich vom Meeresgrund hoch und durchbrach die Oberfläche. Das Salz brannte wie Feuer in ihren Augen. Sie prustete und spuckte. Sie ruderte vergeblich mit den Armen. Durch einen Schleier aus Gischt und Sprühregen konnte sie plötzlich Edda sehen. Das Fass hatte sie weit Richtung Strand getragen.

„Edda, warte auf mich“, flüsterte Jule schwach. Dann verschluckte sie das Meer.

Das Heulen des Windes und das Rauschen brachen jäh ab. Nur noch gurgelndes Wasser war um Jule herum. Irgendetwas streifte ihren Arm. Sie öffnete die Augen. Das Robbenbaby schoss an ihr vorbei.

Warte auf mich, dachte Jule. Nimm mich mit. Sie sackte tiefer auf den Grund. Große schwarze Augen schauten sie an. Dann drehte das Robbenbaby ab. Jule versuchte zu schwimmen. Warte auf mich!

Sie war allein. Sonnenlicht schimmerte plötzlich durchs Wasser. Wie schön!, dachte Jule. Sie wunderte sich, warum es auf einmal so unglaublich schön war. Ihr war plötzlich nicht mehr kalt. Sie fühlte sich leicht und warm.

Sie würde hier sterben. Aber es war ok. Es war nicht schlimm. Seltsam, dachte Jule. Während sie das Bewusstsein verlor, hatte sie das Gefühl, hochgehoben zu werden. Jemand nahm sie in den Arm und flüsterte „Jule, meine tapfere Jule!"

Der Kreis schließt sich

Der Pilot drehte sich zu seinen Passagieren nach hinten um und tippte sich an den Kopf. Doktor Baum nickte und verteilte Headsets an die gesamte Crew.

„Die Koordinaten sind exakt 53°43′59″ nördlicher Breite und 7°22′00″ östlicher Länge", sagte Stella.

Doktor Baum schob sich seine Sonnenbrille hoch auf seinen Glatzkopf. Mit dem Laptop auf den Knien versuchte er die rotierende Kugel auf dem Bildschirm zu bearbeiten. „Aber es mäandert", sagte er. „Geht es nicht etwas genauer?"

„Tut mir leid", sagte Luis. „Genauer bekommen wir es nicht hin!"

Der Hubschrauber startete. Das Motorengeräusch steigerte sich in einen immer höher werdenden Ton. Die Rotorblätter begannen sich zu drehen. Erst mit einem langsamen Flapp Flapp, dann immer schneller, bis das Kreischen der Turbinen mit dem Rhythmus der Flügel zu einem einzigen schrillen Gesang verschmolz. Sand und Gras wirbelten auf. Dann hob der Helikopter ab. Zunächst hing er noch über dem Flugfeld. Er gewann weiter an Höhe und drehte sich auf der Stelle um 360 Grad. Doch dann, wie ein Hund, der plötzlich Witterung aufgenommen hatte, schoss er in Richtung Oststrand davon.

...

Katja raste dem Helikopter hinterher, der über die Insel hinweggeschossen war. Dann blieb ihr fast das Herz stehen. Ein Kind lag auf dem Strand. Eine Frau kniete daneben und nahm eine Herzdruckmassage vor. Die Haare der Frau hatten sich gelöst und fielen ihr in die Stirn. Mit jedem Druck auf die kleine Kinderbrust, wippten die grauen Strähnen hin und her. Wasser quoll aus ihrem Pullover. Katja fiel neben Jule auf die Knie. Sie bekam kaum Luft.

„Machen Sie hier weiter“, sagte die Frau ruhig und deutete auf Jules Brustbein. Katja zitterte, tat aber, was ihr aufgetragen wurde. Sie begann mit dem Handballen gleichmäßig zu pumpen. Die Frau streckte Jules Kopf nach hinten und nahm eine Mund-zu-Mund-Beatmung vor. Sie schaute kurz auf. „Das machen Sie gut“, sagte sie. „Hören Sie nicht auf.“

Katja liefen die Tränen herunter. Sie starrte auf Jules blasses Gesicht. Die Lippen waren blau. Die blonden Strähnen klebten an der Stirn. Die Frau beatmete wieder.

Jule hörte Stimmen wie aus weiter Ferne. *Atme doch!* Tat sie das denn nicht? *Bitte, Jule, atme!* Sie wollte Luft holen, aber schwer und nass drückte etwas auf ihre Brust. Es tat weh. So weh. Hielt jemand ihren Kopf? Und was war das für ein ohrenbetäubender Lärm?

Sand wirbelte auf. Der Blaustrandhafer in den Dünen bog sich. Über dem Oststrand kreiste der Hubschrauber. Meerwasser sprühte in nebligen Schwaden davon, als er auf dem Strand landete.

Drei Menschen in rot-weißen Overalls rannten über den Strand. Stella nahm Katja vorsichtig beiseite. „Wir sind schon da. Alles wird gut“, sagte sie und legte eine Thermofolie auf Jules Körper. Doktor Baum legte der Frau mit den grauen Haaren eine Decke um die Schulter. Dann setzte er Jule einen Beatmungsbeutel auf den Mund und begann langsam und gleichmäßig zu pumpen. Luis sprach in ein Funkgerät.

Jule hustete. Sie spürte frische kühle Luft, die in ihre Lungen drang. Rot-weiße Flecken huschten vor ihren Augen hin und her. Ihre Hände griffen ins Leere. Dann wurde alles wieder dunkel.

„Wird schon, sie kommt sicher gleich wieder zu sich“, sagte Doktor Baum. Er nahm den Beutel beiseite und richtete Jule auf. Mit seinem Knie stützte er ihren Rücken. Behutsam legte er seine rechte Hand an ihre Stirn und rubbelte mit der linken Hand Jules Schulter und Arme.

Die Frau mit den grauen Haaren fasste Jules Hände und küsste sie. Sie weinte. Jule schlug die Augen auf.

„Hallo, Jule!“, sagte die Frau sanft und schaute ihr ins Gesicht.

Eine unerwartete Überraschung

Jule war am Strand und fütterte Möwe. Doch die zwickte sie in den Finger. Jule erwachte. Helles Licht blendete sie. Alles um sie herum war schneeweiß. Alles strahlte hell. Ich bin also tot, dachte sie.

Doch dann spürte sie Schmerzen in der Brust und sie hatte furchtbaren Durst. Und irgendwo sprachen Menschen mit gedämpften Stimmen. Jule schaute sich um. Neben ihr stand ein Nachttisch. Darauf lagen Muscheln. Wer hatte die dort hingelegt? Ein Glas Wasser stand bereit. Jule griff danach und bemerkte, dass an ihrem rechten Zeigefinger eine Art Klemme saß. Das hatte sie also gezwickt. Von der Klemme lief ein Kabel zu einem Monitor, der ihren gleichmäßigen Puls aufzeichnete. Jule nahm sich das Ding ab und trank das ganze Glas aus.

Die Tür wurde geöffnet. Eine junge Krankenschwester mit wippenden Zöpfen kam ins Zimmer. Sie lächelte. „Oh, da ist ja endlich jemand wach!“ Sie hielt Jule eine Art Mini-Pistole an die Stirn. Es piepste. „37,9“, sagte sie mit Blick auf das digitale Fiebermessgerät. „Ich würde sagen, du bist übern Berg, aber ich bin nicht der Doktor!“ Sie schüttelte Jules Kopfkissen auf. „Ich bin Inga!“, sagte das Zopfmädchen.

„Wo bin ich denn?“, wollte Jule wissen.

Inga schaltete das Gerät für den Pulsoximeter ab. „Du bist im Klinikum Emden. Hast ja allen einen ganz schönen Schrecken eingejagt!“ Sie zupfte Jules Bettdecke zurecht.

Jule ließ sich zurück ins Kissen fallen. Allmählich kamen die Bilder zurück. Die Dünen, die Kiste, der Brief. Der Sturm, das kalte Wasser. Edda, die sich an das Fässchen klammerte.

„Du wirst Hunger haben“, vermutete Inga. Jule hörte es gar nicht. Sie war in Gedanken bei Edda. Hatte Edda es bis zum Strand geschafft? Jule konnte sich nicht mehr daran erinnern, was passiert war, nachdem die Welle sie überrollt hatte. „Was ist mit Edda?“, wollte Jule wissen.

Inga legte den Kopf zur Seite. „Kaum wach und schon so neugierig?“ Sie lächelte Jule an. „Draußen steht eine ganze Horde von Menschen, die dich sehen will“, erklärte sie. „Sie warten seit zwei Tagen darauf, dass du die blauen Augen aufmachst! Aber ich denke, dass wir erst einmal den Arzt holen.

Alles andere muss warten. Nicht weglaufen!“ Sie grinste. Dann ging Inga mit zügigen kleinen Schritten hinaus.

Gleich darauf wurden die Stimmen im Flur lauter. Jule hörte Inga, die versuchte die aufgeregten Stimmen zu beruhigen. Plötzlich wurde es still und dann wieder laut. Die Tür öffnete sich.

Eine Ärztin mit rot gelockten Haaren und Stethoskop um den Hals betrat das Zimmer. Hinter ihr drängten sich Jules Mama und Papa in den Raum. Sie schossen an der Ärztin vorbei und fielen Jule um den Hals.

Was nun kam, waren Fragen, Lachen, Tränen der Freude und wieder Fragen. Alles überschlug sich. Jules Mama tastete sie ab und fragte nach allen möglichen Schmerzen, während Jules Papa die ganze Zeit wissen wollte, ob sie ok sei, ob sie Hunger oder Durst habe und ob sie sich erinnern könne. Dann wieder fiel er ihr um den Hals und drückte ihre Hände. Ihre Mama begann zu weinen. Und Jule verstand das ganze Tamtam nicht. „Was ist denn los? Ich bin doch ok“, meinte sie müde. Die Ärztin brüllte plötzlich: „Ruhe!“

Ihre Eltern zuckten zusammen.

„Besser!“, meinte die Rothaarige. „Setzen Sie sich!“ sagte sie wie ein General und deutete auf die beiden Stühle, die im Raum standen. Jules Mama wollte protestieren, aber da hob Frau Bleeker, wie man auf ihrem Namensschild lesen konnte, nur den Finger und schaute sehr streng.

Sie untersuchte Jule, leuchtete ihr in die Augen, fragte wie es ihr ginge, fühlte den Puls persönlich und schlug zuletzt eine rosafarbene Akte auf. „Ich hätte dich gerne noch ein paar Tage hier, Jule“, sagte sie und lächelte. „Ein Kollege von mir würde dir gerne noch ein paar Fragen stellen.“ Sie wartete auf eine Reaktion ihrer jungen Patientin.

„Ich glaube, es geht mir gut", versuchte Jule zaghaft zu widersprechen.

„Umso besser!", meinte Frau Bleeker. „Dann geht es gleich morgen los."

Sie drehte sich zu Jules Eltern um. „Jetzt würde ich gerne noch mit deinen Eltern sprechen." Die beiden nickten. „Draußen", erklärte Frau Bleeker. Wieder wollte Jules Mama protestieren, aber Frau Bleeker hob nur den Finger und schob die beiden auf den Flur.

Jule seufzte. Was war mit Edda?

Zwei Minuten später wurde die Tür wieder einen Spalt breit geöffnet. Inga steckte den Kopf herein. „Bereit für eine Überraschung?" Inga öffnete die Tür ganz und ließ eine Frau mit grauen Haaren durch. Hinter ihr schlüpfte Katja hinein. Sie blieb an der Seite des Bettes stehen und drückte Jules Hand. Jule setzte sich auf. Katja weinte und schnäuzte sich mit einem Papiertaschentuch die Nase. Dann räusperte sie sich. „Jule, ich möchte dir jemanden vorstellen." Sie blickte zu der Frau mit den grauen Haaren. Jule schaute in das faltige Gesicht.

„Frau Baum hat dich aus dem Wasser gezogen", erklärte Katja. „Ich lasse euch kurz alleine", sagte sie und nickte der alten Frau zu. Jule schaute Katja hinterher. Sie fühlte sich etwas unwohl. Frau Baum rückte einen Stuhl ans Bett und lächelte Jule an.

Seltsam, dachte Jule. Sie hatte dieses Gesicht schon einmal gesehen, aber sie konnte sich nicht mehr erinnern. Frau Baum lächelte noch immer.

„Danke", sagte Jule etwas unbeholfen. „Ich glaube, Sie haben mir wohl das Leben gerettet. Aber alles ist so verschwommen", fügte sie hinzu.

Frau Baum nahm Jules Hand. Dann blickte sie Jule lange an. Jule wurde unruhig. Die Augen von Frau Baum schimmerten feucht. Jule fand das irgendwie komisch. Was wollte diese Frau von ihr?

„Nein“, sagte Frau Baum und schüttelte den Kopf, „du hast mir das Leben gerettet.“ Eine Träne verfing sich in ihren Wimpern.

Jule stutzte. Für einen Augenblick sah sie Frau Baum tief in die Augen. Die lächelte sie unbeirrt weiter an. „Ohne deine Idee mit dem Fass, hätte ich es nie bis zum Strand geschafft“, sagte Frau Baum. Sie drückte Jules Hand. Jule zuckte zusammen und zog ihre Hand zurück. Die Wunde von der Muschel war noch immer nicht verheilt. Jules Gedanken wirbelten durch ihren Kopf wie ein Stapel Papier im Sturm.

Frau Baums Blick wurde ernst. „Du hast etwas ganz Unvorstellbares geschafft“, sagte sie.

Jule betrachtete die Frau mit den grauen Haaren genauer. Konnte das sein? „Edda?“, fragte sie ungläubig. Die Frau mit den grauen Haaren nickte.

„Edda?“, fragte sie noch einmal. Nun war es Jule, die weinte.

Edda schüttelte den Kopf. „Nein, nicht doch! Meine tapfere Jule!“ Sie nahm wieder Jules Hand. Jule starrte Edda an. Das Gesicht, die Hände, die Haare, alles war anders, stellte sie fest. Aber der Blick, die Augen, das Lächeln! Wie alt mochte Edda jetzt sein?

Edda fühlte sich ertappt. „Ich habe mich ein wenig verändert“, sagte sie verlegen, als ob sie Jules Gedanken gelesen hätte. „Und ich heiße inzwischen nicht mehr Ulrichs, sondern Baum. Ich bin alt geworden – dank dir, Jule. Ohne dich wäre ich ertrunken.“ Sie lächelte. „Das Robbenbaby hat es übrigens auch geschafft“, meinte sie mit einem verschmitzten Grinsen.

Sie schauten sich an. Sie lachten. So wie damals, wie vor ein paar Tagen, wie vor 50 Jahren.

„Ich verstehe das alles nicht“, begann Jule. „Wie ist das möglich?“

Edda schaute wieder sehr ernst. „Ich habe mein ganzes Leben mit dieser Frage verbracht. 50 Jahre lang habe ich gehofft, dass du dort sein wirst, wo ich dich das letzte Mal gesehen habe.“ Wieder drückte sie Jules Hand. „Wir wissen noch so wenig. Wir verstehen zum Beispiel nicht, warum du einfach in der Zeit hin und her springen konntest, ich selbst aber nicht.“

Die Tür wurde einen Spalt breit geöffnet. Katja schaute herein. „Frau Baum, Jules Eltern und die Ärztin würden Sie gerne sprechen“, sagte sie kurz. Edda nickte.

„Nein, bitte geh noch nicht“, bettelte Jule. „Du sollst noch bleiben.“

„Bald“, sagte Edda und lächelte. Sie vergewisserte sich, dass Katja die Tür wieder geschlossen hatte. „Du musst mir jetzt etwas versprechen“, sagte sie und rückte näher ans Bett. „Vertraue niemandem dein Geheimnis an. Nur du und ich wissen Bescheid. Und natürlich mein Team. Deine Mama, dein Papa, Katja … niemand sonst darf davon erfahren.“

„Aber …“, Jule überlegte, ob sie das alles verstanden hatte, „warum darf ich denn nicht …?“ Edda unterbrach sie. „Erzähle niemandem davon!“, sagte sie streng und machte eine Pause. „Ich fürchte, sonst bist du in allergrößter Gefahr!“

„Aber … warum?“, stotterte Jule.

Edda wurde wieder sehr ernst. „Kannst du dir vorstellen, was passiert, wenn die falschen Leute erfahren, dass du durch die Zeit reisen kannst?“ Eddas Zeigefinger beschrieb einen Kreis. Jule schüttelte den Kopf.

Edda seufzte. „Stell dir einmal vor, du gerätst in die falschen Hände!“

Jule schluckte und versuchte zu begreifen, was Edda damit meinte. Edda suchte nach Worten. „Ich weiß, das ist alles sehr kompliziert“, versuchte sie Jule zu beruhigen, „aber jetzt ist nicht der richtige Zeitpunkt, um darüber zu sprechen. Es ist nur eine Vorsichtsmaßnahme, ok?“ Edda lächelte Jule an. „Bisher wissen wir einfach zu wenig. Aber wir gehen davon aus, dass es noch andere gibt.“

„Andere was?“ Jule runzelte die Stirn. „Und wer ist wir“, fragte sie irritiert.

„Zeit ist nicht das, was sie scheint, Jule. Wer sie beherrscht, besitzt damit die mächtigste Waffe der Welt.“ Edda stand auf.

„Erkläre es mir!“, bat Jule.

„Ich erkläre dir alles bald - ganz bald“, sagte sie. Sie nahm noch einmal Jules Hand und drückte sie. „Bitte denke daran!“ Sie beugte sich nah zu Jules Ohr. „Erzähle es niemandem!“

Jule nickte. Sie hielt Eddas Hand fest, noch nicht bereit, sie gehen zu lassen.

„Wir sehen uns!“, sagte Edda lächelnd. Von der Tür aus zwinkerte sie Jule noch einmal zu. „Pssst“, machte sie und legte sich den Zeigefinger auf den Mund. „Es bleibt unser Geheimnis.“ Und mit diesen Worten ging sie.

Fragen über Fragen

Es war nicht üblich, dass man ein zwölfjähriges Mädchen zweimal aus der Nordsee fischen musste. Deshalb hatte Frau Bleeker veranlasst, dass Jule sich mit einem Doktor unterhalten sollte, der angeblich wusste, wie man so richtig gut mit Kindern spricht.

Jule saß also vor einem wuchtigen Schreibtisch aus dunklem Holz, während besagter Doktor – ein älterer Mann mit Brille und grauem Schnurrbart – dahinter saß. Eine rosafarbene Akte lag ausgebreitet vor ihm, daneben ein umgekippter Bilderrahmen. Auf dem Schreibtisch prangte ein Schild mit der Aufschrift Dipl.-Psych. Prof. Dr. Schneider.

Das Zimmer war in einem angenehmen Pastellton gestrichen. Bilder mit Strichmännchen hingen an den Wänden. Es roch nach Vanille.

Der Professor blickte abwechselnd in die Akte vor seiner Nase und dann zu Jule. Dann blätterte er eine Seite um und machte „Mmmh“ und „Aha“. Jule reckte den Hals und versuchte über den Tisch einen Blick in die Akte zu werfen. Doch da klappte der Professor die Akte zu und legte seine verschränkten Hände darauf. Über den Rand seiner Brille schaute er Jule an. „Wie fühlst du dich, Jule?“, war seine erste Frage.

„Gut“, sagte sie überzeugt und lehnte sich zurück.

„Du kommst aus Hamburg, richtig?“ Herr Schneider zog eine Augenbraue hoch.

Jule nickte und Herr Schneider nickte zurück. „Hamburg, das Tor zur Welt“, sinnierte er. „Gefällt es dir dort?“

Sollte das hier ein Quiz werden? Jule dachte an Eddas Worte. „Vertraue niemandem." Sie zuckte mit den Schultern. „Keine Ahnung", sagte sie.

Herr Schneider schlug die Akte wieder auf und notierte sich etwas mit einem Füller. Dann schraubte er die Kappe sorgsam wieder auf den Federhalter. Jule betrachtete seine Hände, die rau und vernarbt waren.

„Spielen wir ein Spiel!", meinte Herr Schneider.

Wieder zuckte Jule mit den Schultern. „Ok", gab sie knapp zurück.

„Ich gebe dir ein Wort und du sagst spontan das Wort, das dir dazu einfällt, verstanden?"

Jule setzte sich etwas auf. „Verstanden." Sie wollte das hier so schnell wie möglich hinter sich bringen. Herr Schneider schob seine Brille mit dem rechten Zeigefinger höher auf die Nase. Dann verschränkte er wieder die Hände. „Sonne", sagte er.

„Mond", antwortete Jule.

„Mama."

„Papa."

„Morgen."

„Abend."

„Hell."

„Dunkel." Jule atmete innerlich auf. Das war ja nicht besonders schwer. Hoffentlich war das hier gleich vorbei. Frau Bleeker hatte ihr gesagt, dass sie dann nach Hause dürfte.

Herr Schneider machte weiter. „Wasser."

„Kalt", schoss es aus Jule heraus.

„Baltrum."

„Wind", erklärte sie.

„Wind", sagte Herr Schneider.

„Möwe“, sagte Jule und musste schmunzeln.

„Wahrheit.“

„Lüge.“

„Edda.“

Jule zuckte zusammen.

Herr Schneider blickte wieder über den Rand seiner Brille. „Edda“, wiederholte er.

Jule spürte, wie ihre Hände feucht wurden.

Es klopfte an der Tür. Puh, dachte sie und war für die Unterbrechung dankbar.

Frau Bleeker steckte den Kopf durch den Spalt. „Entschuldigen Sie, dass ich störe, aber ...“ Sie stutzte. Dann öffnete sie die Tür ganz. „Wer sind Sie? Wo ist der Professor?“ Frau Bleeker starrte den Mann hinter dem Schreibtisch an. Der Mann, der offensichtlich nicht Herr Schneider war, stand auf. „Herr Schneider hat mich gebeten, ihn heute zu vertreten.“ Er versuchte ein freundliches Lächeln. Frau Bleeker schaute irritiert. Dann blickte sie sich Hilfe suchend nach hinten in den Flur um. Jule blieb mit offenem Mund sitzen. Was ging hier vor? Frau Bleekers Zeigefinger blieb drohend in der Luft hängen. „Bleiben Sie, wo Sie sind!“ Ihre Stimme klang energisch.

Der Mann sprang auf und griff sich die rosafarbene Akte. Er blickte kurz zum Fenster, dann zur Tür. Offensichtlich schätzte er seine Möglichkeiten zur Flucht ab.

„Ich sagte, bleiben Sie, wo Sie sind!“, wiederholte Frau Bleeker. Sie streckte ihm die erhobene Hand entgegen, als wäre sie Wonderwoman und könnte ihn mit dieser Geste aufhalten. Aber der Schnurrbart war mit zwei großen Sprüngen bei ihr und schubste sie um, als wäre sie aus Pappe. Frau Bleeker knallte auf den Boden. „Hilfe!“, rief sie in den Flur. Jule sprang auf, um ihr zu helfen. Frau Bleeker rappelte sich auf und humpelte dem Mann hinterher. Der durchquerte mit riesigen Schritten den Korridor und gab einem Teewagen, der dort abgestellt war, einen Schubs. Der Wagen schoss den Gang entlang und kam mit einem mächtigen Knall an der Wand zum Stehen. Wasserflaschen purzelten durcheinander.

Jule sah gerade noch, wie der falsche Herr Schneider durch die gläserne Schwingtür stürzte. Frau Bleeker schrie ihr zu: „Rühr dich nicht vom Fleck!" Sie humpelte weiter.

Jule stand wie versteinert im Flur. Sie dachte an Eddas Worte. „Stell dir vor, du gerätst in die falschen Hände." Sie schluckte. Dann taumelte sie zurück in das Zimmer.

Jule ging zum Schreibtisch und drehte den Bilderrahmen um, der dort auf der Vorderseite gelegen hatte. Sie schaute in vier fröhliche Gesichter. Ein Mann mit grauen Schläfen und strahlendem Lächeln hielt ein Kind auf dem Arm. Daneben eine Frau, die ein zweites Kind auf dem Arm hatte. Das musste der echte Professor Schneider sein, überlegte sie. Wo steckte er wohl?

Frau Bleeker stand plötzlich wieder in der Tür. „Weg!", meinte sie atemlos. „Alles ok?", fragte sie besorgt. Jule nickte. Aber nach allem, was passiert war, fuhren ihre Gefühle Achterbahn.

Frau Bleeker rieb sich den Oberschenkel. „Dein Vater ist auf dem Weg", sagte sie. „Ich möchte kurz mit ihm sprechen, wenn er kommt, ok?" Sie strich ihren Kittel glatt. Jule nickte wieder.

Nun schüttelte die Ärztin den Kopf. „Tut mir leid, ich weiß wirklich nicht, wie das passieren konnte", sagte sie und schaute auf ihre Armbanduhr. „Ich werde dir jemanden schicken, der dich zurück in dein Zimmer bringt, ok? Setze dich doch einfach solange!“ Und damit ging sie. Ihre eiligen Schritte hallten auf dem Flur.

Jule ließ sich auf den Stuhl fallen. Erst jetzt merkte sie, dass sie zitterte.

Das Zopfmädchen Inga kam und brachte Jule zurück auf ihr Zimmer. „Wie ich sehe, hast du schon gepackt“, sagte Inga und deutete auf Jules Bett. Jules Rucksack lag geöffnet auf der Bettdecke. Sie stutzte. Jule hatte ihren Rucksack heute Morgen in den Schrank gestellt.

„Ich wünsche dir eine gute Reise. Es war schön, dich kennengelernt zu haben“, verabschiedete sich Inga. Sie drehte sich in der Tür noch einmal um. „Viel Glück, kleine Jule!“ Sie strahlte Jule an und verschwand im Flur.

Ein bisschen übertrieben dieser Abschied, dachte Jule und schaute ihr nach. Sie kippte ihren Rucksack aus. Ihr kaputtes Handy fiel heraus, ihre Zeichensachen, die Kaugummis, die Bürste, das Portemonnaie. Selbst das blaukarierte Handtuch und die angebrochene Packung Kekse. Doch das goldene Ding war verschwunden.

Jule zog die Schubladen am Nachttisch auf. Dann nahm sie sich den Kleiderschrank vor. Umsonst.

Wer außer Edda und ihr selbst wusste sonst noch von dem Schatz? Sie ließ sich aufs Bett fallen. Vor dem Krankenhaus hörte sie einen Hubschrauber in die Luft steigen. Im gleichen Moment leuchtete ihr Handy auf. Es ist noch nicht vorbei, dachte Jule.

Anmerkungen der Autorin zu Fakten und Fiktion

Tjark Evers

Die tragische Geschichte von dem jungen Seemann Tjark Evers, der 1866 seine Familie zu Weihnachten mit seinem Besuch überraschen wollte, ist tatsächlich wahr.

Sein Notizbuch und die Zigarrenkiste sind im Museum „Altes Zollhaus“ auf Baltrum ausgestellt. 2015 wurde zudem ein Denkmal für Tjark auf Baltrum eingeweiht.

Der Untergang der Burhave

Der Untergang des Fischerei-Loggers Burhave ist wahr. Das Wrack der Burhave wurde tatsächlich vor Borkum gesichtet und tauchte erst Tage später auf Baltrum auf. Tatsächlich fand man im Hellegat eine Leiche, die nicht identifiziert werden konnte.

Dass aber ein Topf mit heißem Labskaus in der Kombüse stand, ist reine Erfindung. Auch dass dieses Geisterschiff angeblich jedes Jahr in der Nacht vom 13. auf den 14. Oktober nach Baltrum zurückkehrt, hat sich die Autorin ausgedacht.

Der Untergang der Nordstern

Ein Schiff mit dem Namen Nordmark sank am 15.04.1964 vor Borkum. Es gab nur einen verstümmelten Notruf, wie im Buch beschrieben, sechs Seeleute starben. Mit Rücksicht auf eventuell noch lebende Angehörige wurde der Name des Schiffes geändert. Etwaige Ähnlichkeiten mit lebenden oder verstorbenen Personen sind rein zufällig.

Das einsame Dünengrab

Die Geschichte von Jan de Boer ist eine Sage, eine Legende. Man hat sie sich früher auf Baltrum erzählt. Angeblich hat dieser holländische Kapitän Schnaps und Weißbrot von den Einwohnern Baltrums gefordert, aber nur Schwarzbrot und Ziegenmilch bekommen. Deshalb wollte er wohl „auf so einem elenden Sandhaufen weder leben, ja noch nicht einmal begraben sein.“ Das hat dann ja nicht so gut geklappt.

Plattdeutsche Sprichwörter und Übersetzungen

Wo geiht di dat?	Wie geht es dir?
All up stee?	Alles in Ordnung?
Beter 'n Kumm to vööl, as 'n Lepel to minn.	Besser eine Schale zu viel, als einen Löffel zu wenig (haben). *Das bedeutet in etwa: Man muss auch mal großzügig sein.*
He hett sein Fieven nich all binanner.	Er hat seine 5 Sinne nicht alle zusammen. *Bedeutet: Er spinnt.*
Beter teihn in't Küssen, as een missen.	Besser zehn (Kinder) in den Kissen haben, als eins vermissen zu müssen. *Das bedeutet, dass man lieber 10 Kinder mühselig durchfüttert, als eins verlieren zu müssen.*

Zur Autorin:

Kristina (Kiki) Beyer lebt und arbeitet als Lehrerin, Musikerin und Autorin in Oldenburg (Oldbg.). Sie stand über 30 Jahre als Sängerin, Moderatorin und schauspielernd auf der Bühne. Neben ihren eigenen Produktionen für das erwachsene Publikum entstanden unter ihrer Regie auch Theaterstücke und kleine Filmprojekte für Kinder und Jugendliche. Zuletzt brillierte sie als „Tina" von 2016 – 2018 mit der Revue „Mensch Marilyn" im norddeutschen Raum.